天狗文庫

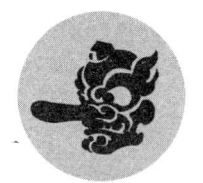

WASUREENU
GEIJUTSUKA
TACHI

无法忘怀的艺术家们

[日]井上靖 著
傅玉娟 译

重庆出版集团
重庆出版社

WASUREENU GEIJUTSUKA TACHI
by INOUE Yasushi
Copyright © 1983 by The Heirs of INOUE Yasushi
All rights reserved.
Originally published in Japan.
Chinese (in simplified character only) translation rights arranged with
The Heirs of INOUE Yasushi, Japan
through THE SAKAI AGENCY and BEIJING KAREKA CONSULTATION CENTER.
Simplified Chinese translation copyright©2024 by Chongqing Publishing House Co., Ltd.
All rights reserved.

版贸核渝字（2022）第202号

图书在版编目（CIP）数据

无法忘怀的艺术家们 ／（日）井上靖著 ； 傅玉娟译. 重庆 ： 重庆出版社，2024. 10. -- ISBN 978-7-229-18894-8

Ⅰ. K833.135.7

中国国家版本馆CIP数据核字第20244FX253号

无法忘怀的艺术家们
WUFA WANGHUAI DE YISHUJIA MEN

[日] 井上靖 著　傅玉娟 译

责任编辑：魏雯　许宁
装帧设计：谢颖设计工作室
责任校对：杨婧

重庆出版集团 出版
重庆出版社

重庆市南岸区南滨路162号1幢 邮政编码：400061 http://www.cqph.com
重庆出版社艺术设计有限公司 制版
重庆豪森印务有限公司 印刷
重庆出版集团图书发行有限公司 发行
E-mail:fxchu@cqph.com　邮购电话：023-61520646
全国新华书店经销

开本：890mm×1230mm　1/32　印张：5.25　字数：100千
2024年10月第1版　2024年10月第1次印刷
ISBN：978-7-229-18894-8
定价：64.80元

如有印装质量问题，请向本集团图书发行有限公司调换：023-61520678

版权所有　侵权必究

目录 / Contents

001　河井宽次郎二三事

013　荒井宽方

031　桥本关雪

045　前田青邨二三事

057　国枝金三

071　上村松园

083　观坂本繁二郎追悼展

089　须田国太郎的世界

093　冈仓天心

109　关于冈鹿之助的《帆船》

113　《湖畔》的女性

117　广重的世界

123　美女与龙

127　安闲天皇的玉碗

135　观白琉璃碗

141　关于如来型立像

145　附录　井上靖年谱

159　译后记

河井寬次郎二三事

我是在昭和十一年入职每日新闻社的。记不清是在这一年还是在第二年，作为一名初出茅庐的报界记者，我首次拜访了河井宽次郎①先生位于京都五条坂的家。虽然此次拜访是为了将先生的言谈写成报纸新闻稿，但是由于这次拜访，先生在我心中成为了一个特殊的存在。接触到先生作为艺术家的风姿之后，我完全倾倒于先生的人格魅力。先生很不喜欢艺术家这个称呼，而更喜欢被称作陶匠或工匠，但我觉得像先生这样的真正艺术家是世所罕见的。

当我结束首次访问，走出先生家大门时，心情激动，步履不稳，心想：这世上竟有如此出色的人物。

在这次拜访中，我感受最强烈的是，先生是以平等的态

---

①河井宽次郎（1890—1966），日本陶艺家。年轻时以模仿中国、朝鲜的陶瓷名器出名，后在一次朝鲜李朝陶器展上受到刺激，认识到自己的创作只有形而没有魂，由此改变了创作方向，开始创作实用陶器。其创作的陶器以造型实用简素，施釉技术精湛而出名。——译者注。本文中所有注释，如无特别标注，皆为译者注释。

度对待我的。不管对方是年轻人，还是地位低于自己的人，先生对此毫不在意，讨论到任何问题时，他都是认真对待。同时，先生不管谈到什么，说的都是他自己独有的想法。他用自己的语言，陈述着自己的所思所感。

在此后漫长岁月的交往中，直到先生逝世，这一最初的印象都没有发生改变。我从先生身上学到了很多，其中对我影响最大的，当属用自己的眼睛来看待万事万物这一点吧。

——怎么样？这个，很不错吧？

先生拿来自己发现的"美丽的事物"，把它放在桌上，用他独特的、饱含情感的、朴素的语言诉说着这件东西如何打动了自己的内心。在听他诉说的过程中，不可思议的是，连我也觉得这东西看起来很美丽。如果说如今我身上多少也有几分用自己的眼睛来看待万事万物的眼光，那也都是承教自先生。

从先生身上学到的第二点是，创造事物者时时刻刻皆须抱有创造事物者之心。先生正是这样的人。无论是在客厅还是在起居室，先生都是陶匠河井宽次郎。不管说什么，做什么，先生都不会远离自己的这一身份。利休曾说"侘数寄常住"，则先生当属"陶匠精神常住"。他始终不曾失去创造事物者之心。

从先生身上学到的，还有很多。先生对客人皆是一视同仁。无论来访者是名人或是寂寂无名之辈，他的态度都全无差别。一样对待，一样交谈。

这些当然都是在和先生的长期交往中，不知不觉间学到的。但是在昭和十一二年初次拜访先生，第一次站在先生面前时，我就从先生身上感受到了这一切。若非如此，一名年轻的报社记者如何会对一位著名的陶匠钦服得五体投地呢？

我与先生初次见面时，就触及了他的一切，并倾倒于此，且一生都拜服于先生的人格魅力和他从事的工作。我时常感叹，自己能够在最易接受影响的青年时期遇到先生，实乃人生之幸事。

关于先生，我想说的有很多。但终究是说不完的，这里就且记一二小事吧。每次去先生家中拜访，总是会听到：

——哦，来啦！

先生面容慈祥，以温暖的话语欢迎我，仿佛我是他的老友一般。接着，他又会对着屋里的夫人喊道：

——哎，井上先生来啦！

无论我何时拜访，先生皆是如此。遗憾的是，我在至今为止的人生中，还从来没有像先生这样热情地迎接客人。如果来访的是自己信任的老友，那么我也应该像先生这样做吧，但是对我来说，先生待人接物的方式是无法模仿的。或者说，是模仿了也做不到的。先生做这些，既不是故意装样子，也不是出于应酬，完全是一种自然的态度。这就是完全发自内心吧，他的真性情以一种极其自然的方式迎面而来。

无论是在我当报社记者的时候，还是我成为作家之后，每次去先生家中拜访，我都得提醒自己"必须得走了，必须得走了"。虽然我知道先生是在百忙之中抽出时间来招待我的，但是每次只要在先生面前坐下我就觉得无比地满足。

交谈的话题总是围绕着工作。可以说从未从先生口中听到过世俗的话题。就算是提到了这样的话题，从先生口中说出来的话也已经完全没有了俗气，先生独有的解释和主张，令这样的话题也变得很有高度。

先生经常说起自己的故乡和童年时光。先生说这些的时候，眼睛仿佛看着遥远的某处似的，带着一种陶醉。

我每每看到这样的先生，总能感受到某种美。先生故乡的传说、充满乡土气息的故事在先生心中充满了生命力。这也是我这半生中没有做过的事。故乡，大概就应当如先生口中所讲的那样吧，童年也应当是如先生那样珍之重之的时光吧。先生所讲的这些故事，后来集成了一个小册子，即《六十年前的今天》一书。

我自己也写了一些记录自己幼年时期的作品，像《幼年时光》《雪虫》等，而我之所以会想要记录下这些，这其中毫无疑问是受了先生的影响。

我在先生的工作室和书斋中看到先生的作品——虽然先生并不喜欢作品这个词——时常会想，真的很少会有一名陶匠像先生这样致力于创作真正的作品。尽管如此，我不准自己在先生的工作室或书斋中称赞先生的近作或是一直盯着先生的作品看。因为如果我这么做的话，先生就会把那件作品送给我。在这方面，先生是很轻率的。

我家中有很多先生赠送的陶器。因为数十年来每天都在用，所以现在几乎找不到一件完整的、没缺口的陶器了。

但是，不管是缺口了还是打破了，我都不舍得丢掉。因为这些都是先生的分身，是先生的化身。

河井先生的烟灰缸、河井先生的茶碗，我和妻子、孩子、孙辈们这样称呼那些缺了口的烟灰缸和茶碗。从这个意义上来说，现在我也还是每天与先生见面，与先生交谈着。

如果桌子上不放些先生制作的陶器，我心里就会觉得不对劲。现在我自己也一天天接近了先生逝世时的年纪，但是每一天我都觉得那个让我年轻时候就倾倒的先生依然在我身边。这种感受如此真切。

只有一次例外。那是发生在十多年前的事了。我去拜访先生的时候，在他的工作室的角落里发现了一个落满灰尘的陶罐，停下了脚步。我问先生能否把这个陶罐让给我。结果先生说：

——这件不能让给你。其他的行吗？

那次我拜访先生的目的并不是为了要先生的作品。只是偶然看到了这个落满灰尘的陶罐，觉得很特别，所以想要得到。

我跟先生说了自己的想法，接着就去了龙窑，然后又返回到工作室。当我再次走到刚才那个陶罐面前时，听到先生像在跟人说话那样，对陶罐说道：

——你愿意去井上先生那里吗？

那天，当我离开先生家，坐上等候在那里的车子时，发现那个陶罐已经用纸包着放在车座上了。当我提出要这个陶罐时，先生为什么拒绝了呢？我心想着什么时候要问他一下，但却总也没有问，最终失去了问询的机会。

现在想想的话，那或许是先生自己不太满意的作品，又或者是已经说好了要给别人的东西吧。唔，我想可能是前者吧。当我提出想要这个陶罐的时候，先生是出于"这个不行，连创作者我自己都不满意，你还是别要了"这样的想法，才拒绝了我的要求吧。但是，因为想要这个陶罐的人是我，所以他后面又重新考虑了，所以才会对陶罐说虽然你并不是令我满意的作品，但是想请你去的不是别人，是井上先生，你要不要去一下呢？

某次，我跟来访者提及了这件事。结果，他说：

——那应该不是河井先生不喜欢的作品，而应该是他特别喜欢的作品吧。

或许是这样吧。但是如果是那样的话，对于看中了这个陶罐的我，先生口中应该会说出不同的话吧。

——啊呀，太让人吃惊了，您也觉得这件很不错吗？我也觉得这件挺特别的。难得您竟能看上它。太令人高兴了。请拿走吧。拿走吧。

先生定会如此。我觉得那个陶罐应该还是先生觉得做得不好、不满意的作品吧。正因如此，至今我仍觉得那个陶罐有着特殊的意义。当我要开始一项新工作时，把它放在书斋中，心情就会平静下来。

我有好几次都想写一篇"河井宽次郎论"。有时候是杂志社要求，有时候是我自己有这样的想法。但是直到今日都没写。终究还是无法落于笔端。我想要谈谈先生那无与伦比的高尚人格，但是每每想说，又不知从何说起。先生的作品亦是如此。想要找个头绪来谈谈先生的作品是如何出色，可是在寻找这个头绪的过程中，就觉得这是毫无意义的。先生的作品，不管大小，都沉甸甸地摆在那里。不管有多美丽，多沉静，多洁净，都没有说话。作品是沉默的。你们想要怎么想就怎么想吧，我们就这样存在于此。我能够稍稍感受到作品这般的心声。

关于先生的作品，我有时候不得不说些什么。当有人突然问"河井先生的工作，简单来说，是怎样的呢"，我就不得不说一些话来回答。

——不管是陶罐还是瓷盘，稳踞在那里，就像生根了一般。总之，就是存在于那里。是一种类似于稳稳端坐的感觉、存在感吧。

但是，说到这里，连我自己都觉得自己说出来的话很讨厌。我眼前似乎浮现出了河井先生惊讶的面容。于是，我就说不下去了。

有时候，我又会像下面这样说：

——应该说是厚重吧。就如同古代的武士一般。丝毫不见轻浮之处。厚重且真诚……

这时，我眼前又会浮现出先生吃惊似的笑容。仿佛是听到了什么有趣的话似的，面带笑容，沉默地听着。可不一会儿就传来了先生的声音。

——你以前可没这么说过。你只说过真不错。

于是，我又说不下去了。厚重、真诚、毫无轻浮之处。——我对先生的称赞，只能就此打住了。

有时候我又会这么说：

——还要数器形吧。有了这样的器形,其他陶器就只能甘拜下风了。别的陶器看起来就像是重心不稳,摇摇晃晃似的。这是很了不得的,这种纹丝不动,如同长了根一般的器形。

偶尔我还会这么说:

——要数作品的风格吧。不见丝毫粗鄙。谦逊、寡默、并不强烈主张什么。

有时候我还会说:

——这就是真正意义上的现代性吧。丝毫不见陈旧因袭之处。无论是器形还是釉色,那种凛然的气度,正是河井先生的创新之处。先生一方面尊重民间艺术的生命,另一方面又极大地摆脱了民间艺术的窠臼,作品充满了现代性,真正的现代性。

不管说什么,说到一半就变成了车轱辘话。

最终,关于先生的工作,我还是没法评价。不管从哪个角度去评价,都会有无法涵盖的部分。而这恰恰就是陶匠河井宽次郎的伟大之处吧。

先生曾说过"在创作中不追求美,创作结束后美自然而生"。这是我很喜欢的一句话,我认为这句话才真正触及到了先生创作的本质。如果把先生作品中所具有的一切出色之处都置换为美这个词的话,那么确实这种美不是先生刻意追逐的结果。美是后面才生成的，呈现在作品中的。

那么，为什么会这样呢？毫无疑问，秘密就隐藏在先生作为陶匠的正确的创作态度中。先生用自己的语言诉说着这些秘密。

——烈火何所愿，百炼方成玉。

还有，

——烈火何所誓，万物复洁净。

不用再多言了吧。先生所有的作品，都创造、诞生于这样的火焰中。其中饱含了陶匠河井宽次郎的祈祷。

昭和四十一年，先生亡故。享年七十六岁。在接到先生讣告的那天晚上，我怀着"今夜方得知"这样的心情，方才意识到我从先生那里受到的影响、从先生身上学到的东西有多重要，才真正感受到这份恩情之深。

荒井宽方

今年（昭和二十八年）七月初，我久违地去了一趟法隆寺。这是自法隆寺金堂被烧毁之后第一次去。从大阪的凑町站坐火车五十分钟，在法隆寺站下车，然后再乘坐出租车前往法隆寺。这是一条令人怀念的路。在每日新闻当记者时，我不知道在这条路上来回了多少次。有的时候是开车，有的时候是乘坐巴士，有的时候直接步行。法隆寺有个什么大事小情，我都会一次不落地前往。没有任何新闻点的时候也会去。因为每次只要去了，总能写上一篇小小的报道。对于报社记者来说，这实在是一个再好不过的神奇场所。

我是从昭和十二年左右开始负责美术相关的新闻报道的。那会儿正好法隆寺的金堂、五重塔开始修缮，还专门设置了修缮事务所。作为美术新闻记者的我，只要一提到法隆寺，就会写关于其修缮事宜的报道。所以，对当时的我来说，完全无法想象在报道中不写修缮事宜的话该写些什么。

每次只要去了，肯定能写一篇报道。肯定会有某种"发现"。或是去修缮事务所瞄一眼，或是直接去寺务处，随便抓个在那里的人问"听说最近这里有什么发现……"，每次都能立马得到关于"发现"的线索，比如"啊，说的是匿名告发信吧""是瓦片的事吗"等等。因为法隆寺是千年古寺，所以随便动个什么地方，总能发现什么新事物。有些事发生在其他寺庙算不得新闻，但是发生在法隆寺，就是一则相当有分量的新闻。当文艺版块没有合适的企划时，我们就会说"就写写法隆寺吧"。从最初的缘起开始概括性地介绍一下是否重建五重塔的论争，就是一篇相当长的文章了，金堂、五重塔的修缮情况、壁画摹写的中期报告这些也都能占据很大的篇幅。

这次，时隔数年我再次前往法隆寺，这次不是为了写报道。随着车子驶近法隆寺，我朝右手边的窗外望去，迫不及待地想要尽快看到五重塔。

我看到了五重塔，但感觉似乎跟以前有点不一样了。说不上来究竟是哪里不一样了，只是觉得与以前看了无数次的那个法隆寺五重塔有些不同。也许是因为知道眼前的五重塔是先拆毁再修缮的，所以才令我有这样的感觉吧。又或者是因为我事先已知道眼前的五重塔是先拆毁再复原到重建之前的形制的，所以才会这么认为吧。外形确实有了些许改变，所以理所当然地看起来会有些不同，但是远眺时这些改变还不至于让人立马能够察觉出与以前的不同。所以还是我事先知道了它是拆毁后再重建的缘故吧。

在法隆寺前下了出租车，被烧毁的金堂被覆盖在巨大的施工苫布中。我来之前就早已知道金堂被烧毁一事，但是当这凄惨的景象突然出现在眼前时，还是觉得百感交集。我仿佛直到此刻才深切地感受到法隆寺的美是因为有了金堂。站在法隆寺伽蓝前，我没有如以前那般感受到内心被洗涤过一样的清爽。

拆后修缮的五重塔非常气派。但是，如同在车中远眺时一样，不知道是不是因修缮而加入的木材太新，总感觉和以前的塔有些不一样。如果不加以修缮的话，古塔的寿命就无法延长，参与修缮的人员出色的技艺，以及他们在修缮过程中是如何地费尽心血，我对此早有耳闻。可即便如此，站在法隆寺的安静角落里，我的内心还是感到了某种愤怒和无奈。

树木也变得很少。而在参观接待处乱七八糟地坐着好些个负责介绍的老人。这些都是以前没有的。明明没有要求给介绍，但是奇怪的导游还是会走到身后泛泛地介绍一遍。这都说的什么玩意儿啊！虽然我跟那些老人无冤无仇，但还是忍不住这样找茬似的想道。

我从搭在金堂上的苇棚缝隙中，偷看了一下内部的情况。曾经有好几个画家在这里临摹过壁画。修缮金堂时，上面的壁画该如何处理成了个棘手的问题，于是国家就决定不管怎样，先把它临摹下来，因此开始了该项工作。

我曾经爬到金堂内搭着的纵横交错的脚手架上，看数位画家面对着壁画，手拿画笔的景象。壁画在荧光灯下呈现出鲜艳的色彩。画家们默默地坐在壁画前，一边冻得瑟瑟发抖，一边挥动着画笔。但是，在临摹工作即将完成之际，金堂被烧毁了。那些临摹下来的画也有一半没有躲过被火舌吞噬的命运。

在壁画临摹工作持续的八年间，我好几次来这里寻找写稿素材。不知道为什么，我在这里只采访了荒井宽方[①]。我总是跟他见面，听他说话，然后写成报道。在荒井宽方之外，也就采访过一两次入江波光。

不管是荒井宽方还是入江波光，都已成故人。而他们曾经朝夕相对的美丽壁画也已物是人非，承载着这些的建筑物也已经消失了。

"有生命的事物，总是要消亡的。"

我曾经在报道里记下了荒井宽方说的这句话。那篇报道以简短谈话的形式记录了他从事壁画临摹工作的想法，即要

[①] 荒井宽方（1878—1945），日本画画家，擅长佛教题材绘画，被称为"画佛画的宽方"。1924—1925年间曾到访中国。1940年开始主持法隆寺金堂壁画的临摹工作。书中井上靖所记录的正是荒井宽方在法隆寺从事壁画临摹工作时期的情况。

在它还没有消亡的时候把它描画下来。

正如他所说的,有生命的事物,终将消亡。曾经存在于此的那些拥有生命力的珍贵事物,已经消亡了。在梦殿,参观接待处尽是些老人。我在梦殿的回廊上疾走一圈之后,冒着大雨,坐上了等在门口的出租车。

回到车站,没赶上合适的火车,得等一个小时左右。我走进道口旁边的乌冬面馆,喝了杯啤酒。跟店里六十多岁的老板攀谈:"法隆寺真是变了啊。"

"好生遗憾啊。"他说道。好生遗憾这句话正符合我当时的心情。

我盯着猛烈拍打着地面的大雨,荒井宽方说的有生命的事物终将消亡这句话,再次浮现在脑海里。荒井宽方说这句话究竟是什么意思呢?有生命的事物终将消亡,所以要抓紧时间加以修缮,还是说相反的意思,就算修缮了也没什么用,不应该以人力去干涉。好像哪种意思都能解释得通。

他说这句话究竟是什么意思呢?他又是怀着怎样的心情挥动着临摹的画笔呢?在一切都化为灰烬的现在,我再怎么想也得不到答案了,我一边回忆着这位临摹壁画的画家中最年长的画家,他对佛教的深切信仰和他敦厚的模样,一边有一搭没一搭地想着他那句话的意思。

文部省设立法隆寺壁画保存临时调查会,是在昭和十四年夏天。委员长是伊东忠太先生，委员包括天沼俊一、羽田亨、和辻哲郎、泷精一等各界权威人士，干事是文部省保存课长青户精一先生。

之后，在东京，在法隆寺，开了好几次关于保存法隆寺壁画的会议。在法隆寺召开会议时，我总会采访委员中的某位先生。现在再回过头来想想觉得有点不可思议，那时候，一说到法隆寺的问题，委员们都闭口不谈。不管是青户精一先生，还是羽田先生，或是伊东忠太先生，大家都不约而同地缄口不言。唯一可以写成报道的是，泷精一博士说过一种方法，说是可以把化学液体喷洒在壁画上，使画面变硬，然后再盖上玻璃，把壁画切割下来。但是他也没说最后有没有采用这种方法。

记不清是壁画保存调查会的第二次还是第三次会议了，那次是在法隆寺召开的，会上决定从建筑、物理学和化学、艺术三个方面研究壁画保存的问题，并下设三个分委会。负责艺术方面研究的分委会第一次想到了壁画临摹这一方法。

到了昭和十四年年底，从东京方面的报道中得知，负责壁画临摹工作的是荒井宽方、桥本明治、中村岳陵、入江波光四位。其中常住关西的只有入江波光一人。我心想着必须在这四位中结识一位能够畅所欲言的人，不然的话以后很难开展采访工作，并且马上锁定了入江波光先生作为目标对象，前去拜访他。然而没能见到。此后我也没能接近这位有洁癖的、讨厌报社记者的画家。

翌年，即昭和十五年九月，壁画临摹工作正式启动。由四组共十六名画家负责临摹工作。在这之前一个月的昭和十五年八月，和田英作先生首次将荧光灯打在壁画上进行临摹。各家报社考虑到首次将荧光灯打在壁画上这一事件的新闻价值，当时全都集中进行了报道，等到临摹组真正开始进行临摹工作时，反而报道者寥寥。

我放弃了入江波光，选了一个画家来替代他。他就是荒井宽方。之所以选他，是考虑到他多年前有过临摹阿旃陀壁画的经验，可以将之与法隆寺壁画临摹工作相比较，比较容易引出话题。

还有一个原因是，当时住在法隆寺分寺宝珠院的中川善教先生（现任高野山亲王院住持）是我的好友，我从中川先生那里听说过荒井宽方的为人，知道他是一个能够畅言内心所想的人。

我第一次见到荒井宽方先生，是在壁画临摹工作开始一两个月之后。准确来说，在开始壁画临摹工作的那一天，我就去法隆寺拜访过负责临摹工作的画家们，所以那时应该已经跟他见过面了，但是那天发生的事我几乎全都记不得了。

荒井宽方住在距法隆寺西侧约五十米的一座名叫阿弥陀

院的寺庙内。那寺庙看着完全像是个农家。

一进大门，右侧就是通往庭院的双扇门。说是庭院，其实是一个只有巴掌大点地方的小院子。院子尽头是一间大概八叠大小的阴暗的房间。荒井宽方就坐在那里。

荒井宽方的外貌和言行看着都很沉稳。不管问他什么，他都能原原本本地说出自己的想法。

我一直认为艺术家必须有强烈的个性，所以他的这一特点在我看来有点美中不足。他说起话来也是，从头到尾语气平淡，没有什么起伏。虽然我记了很多笔记，但是感觉很难写成报道。他说的是临摹阿旃陀壁画时费尽心血的经过，但是听起来完全没有费尽心血的感觉。

我还问了他关于他的专业，也就是佛像画的事情。可他谈起来还是那个口吻。他所说的内容并没有超过一个初出茅庐的美术记者所知道的关于佛像画的知识。他身上丝毫看不到随机应变的地方。我怀着对这样的荒井宽方的失望回了报社。但是有了这次机缘之后，每次我去法隆寺采访，总是会去拜访荒井宽方。偶尔我也会去拜访其他画家，但是他们什么都不说。他们绝口不提关于法隆寺壁画的感想。

而荒井宽方则是什么都说，请他写稿子，他也很爽快地就写给我了。但是，他写的稿子就跟他说的话一样，四平八稳，没有起伏。

记不清是第几次去拜访荒井宽方的事了。那天晚上，我在中川善教先生的邀请下，夜宿宝珠院。清晨起来时，宝珠院内的樱花葳蕤盛开，在寂寂无风的寺院内仿佛随时都要飘落下来似的。已经是春天了。土墙对面可以看到五重塔的塔尖，如画般的景色，明媚而宁静。

那天，吃完早饭之后，我前往参观金堂内部的荒井组的工作现场。荒井宽方正弯腰坐在十号大壁前的脚手架上。在他的侧面，药师净土变壁画在荧光灯的照射下，显现出华丽的色彩，鲜艳夺目。美得让人忍不住想要啊地叫出声来。

荒井宽方看了我一眼，什么都没说。他正在颜料碟中溶化颜料。

我默默地拍了好几张他的照片。想着这会儿不能打扰他，就离开了金堂。

从那以后很长时间，我都对那天清晨宝珠院的樱花之美和十号大壁的壁画之美念念不忘。那是我关于法隆寺的记忆中，最具法隆寺特点的、最华美的片断。而且，那一天荒井宽方看起来比平时更为严肃的面容，也令我久久难忘。

壁画临摹工作只在春秋两季进行。负责临摹工作的画家们为了这项工作，调整了自己原本就繁忙的日程，把相当于一年的一半时间的春秋两季花在了这项工作上。

春季，荒井宽方的临摹工作从三月中旬持续到五月末，在入梅之前结束。秋季的话，则是从九月中旬开始到十一月结束，一直都住在阿弥陀院。

所以我想，我去金堂拜访正在临摹壁画的荒井宽方应该是在昭和十六年，也就是他第二次到关西的时候吧。

荒井宽方在临摹壁画的时候，不是一下子涂上壁画表面的颜色，而是会考虑原画的绘画顺序，再一层层涂上颜色。当然，不同组的做法也有不同，也有的组是直接涂上色彩的。

哪种做法更好，可能要等画完之后再过数年才能知晓，但荒井宽方的做法可能是借鉴了临摹阿旃陀壁画的经验吧。

关于壁画临摹的方法，似乎每个画家都有自己的见解，最终也是各人按照自己的想法去做的。最近我听田中一松先生说入江波光是彻底的对临[①]论者，而荒井宽方则是把画框微微倾斜着放在脚手架上，然后蹲在那里就开始画。

临摹工作开始一年之后，很快遇到了困难。第一年遇到的最大的困难是，大家心中都渐渐明白了这项工作是何等艰难，不停地有画家生病或者是提出退出临摹工作。而且，工

[①]日本古画临摹的一种方法。具体做法为：在古画上敷上薄薄的和纸，仔细观察从纸下面透出来的线条之后，再把和纸拿起来，看着原画描绘线条。

作进展也颇为缓慢，一年多时间连全部壁画的两成都没有临摹完。

这项工作对于画家来说，无论是时间上还是经济上都是莫大的牺牲。而且一天到晚都待在昏暗的金堂内，健康也不可避免地受到了影响。报酬也没有丰厚到可以令大家不顾自己的生活全身心投入到工作中的程度，所以自然就出现了很多怨言。

但是，对于这个问题，画家们也几乎没有人公开说出自己的意见。我去阿弥陀院拜访荒井宽方，问了他这个问题。

"确实是有很多人生病了，但是这另一方面也不能不说是计件付酬方式导致的画家待遇问题。因为大家都做出了很大牺牲。也不知道接下来会怎样。"他神色黯然地说道。

"这项工作大概要花几年时间？"

"原计划是三年，按这个速度下去，我也不知道要用几年。"

"你会一直做下去吗？"

"已经开始的工作，不可能不做下去吧，你说呢。"

他说话还是老样子，丝毫不在意自己的工作情况是否会被报纸报道。

但是，一说到壁画临摹的话题，他就显得颇为热情，对壁画赞不绝口。到他逝世的昭和二十年为止，他一直默默地致力于法隆寺壁画的临摹工作，名副其实地过了好几年面壁生活。

昭和十六年之后进入到了战争年代。每年壁画临摹工作都面临着很多困难。前往关西的火车票好像很难买到，法隆寺内的生活也同样面临着粮食短缺的问题。

不仅是荒井宽方，负责壁画临摹工作的画家们都忍受着这些，坚持临摹工作，这实在不能不说是一件非常了不起的事。

昭和十八九年前后，时代已经逐渐显现出了战争下的灰暗光景，我再一次造访了法隆寺。记不清初春还是暮春了，当时，金堂内不见荒井宽方和其他画家的身影，只有入江波光穿着浅蓝色的上衣和劳动裤，独自坐在脚手架上。那样子看着像是个修行者。

临摹工作刚开始的时候，报纸上曾经连篇累牍地报道，到了那会儿，报纸的版面减少了，法隆寺的壁画临摹工作也已经失去了新闻价值。社会上已经完全忘记了这项工作。偶尔提起，一般人的表情都是"这工作还在做啊?!"。

那天在工作的地方只见到了入江波光。我离开金堂，又去阿弥陀院看了看。六叠大小的昏暗的客厅里，角落上砌了一个炉子。宽方坐在炉子前，穿得鼓鼓囊囊的，喝着茶。

"感冒了。"他说。

我那天去拜访他，并不是为了采访壁画临摹的情况，而是为了其他文艺方面的稿子，但是看到入江波光如同修行者的样子、宽方默默地坐在昏暗的屋子里的模样，我感觉自己无法开口说一些与壁画无关的事情。

"临摹工作好辛苦啊。"我这样说道。

"有生命的事物，终将消亡。"他回答道。

我在那个房间里待了一个多小时，那会儿应该跟他说了很多话，但是只有他说的这句话清晰地印在了我的脑海里。其他还说了什么，我已经完全忘记了。南面有一个小小的中庭，里面杂乱地埋着几块踏脚石，种着一些诸如杜鹃和南天竹之类的花木。

这个叫做阿弥陀院的寺庙是隶属于法隆寺的寺庙，一般是作为法隆寺僧侣的隐居之所，荒井宽方所居住的房间，原来似乎是个茶室。

我记得地板上画着佛像画，但是不记得这些佛像画是不是他画的。不过今年五月，东大美术史学会在东京的美术研究会主办了关于荒井宽方的阿旃陀壁画临摹的研究会，会上作为他的遗作展示的佛像画，我记得是见到过的。

这是他参加日本美术院展览会的作品吧，如果不是的话，那会不会是他画在阿弥陀院地板上的画呢——那时我怀着这样的心情久久地凝视着这幅作品。

不管怎样，那时在阿弥陀院的房间里，他曾说过：

"有生命的事物，终将消亡。"

那会儿宽方给人的印象比平时要阴郁很多，但是又能清晰地感受到他已经下定决心要全副身心投入到壁画临摹工作。过了两三天，为了填满报纸小说栏目上的一小片空白，我把他当时所说的话作为谈话记录写了下来。

后来，昭和十九年六月，我最后一次造访法隆寺。那时负责临摹工作的画家们已经全都不在那里了。我拜托奈良分社帮我调查了壁画临摹工作的进展状态，接着又前往法隆寺的寺务处进行验证。

自昭和十五年来，历经五年，在荒井、入江、桥本、中村诸位先生及其助手们的努力下，各自完成了一面大壁、两面小壁共计三面壁画，但是这也仅仅只是完成了全部壁画的三分之一左右。

那年秋天，我没有再去法隆寺，所以也就没有再见到荒井宽方。

翌年，即昭和二十年春天，他从位于枥木县盐谷郡氏家的家中出发，前往法隆寺，在途中突发脑溢血离世。

我在报纸的角落中看到了荒井宽方的讣告。当时我正在大津石山的深处为家人寻找疏散地。在用来包裹什么东西的一张报纸的角落里，看到了短短六行小字，上面通报了他的去世。我直到这时才知道他的年龄，是享年六十八岁。在我眼中，荒井宽方比他的实际年龄要年轻很多。

后来我才知道，他最后一次前往法隆寺的时候，因为轰炸太严重了，所以他选择了经磐越西线，反方向绕到京都去。但是，在郡山换乘后没多久，他就倒在了车上。据说前一天，郡山车站背面的工厂刚经历过大轰炸，车站前的一部分建筑那会儿还在冒着烟。

听到这些的时候，我心想荒井宽方也算是死得其所了。他的灵魂一定朝着法隆寺的金堂直直地飞去了吧。据说他负责的壁画，除了右边的一部分仙女，基本都完成了。

战后，我没有再去法隆寺。昭和二十二年，我在报社的办公桌前，久违地写了关于法隆寺壁画临摹的报道。原来计划两年完成的临摹工作，已经历经了八年岁月。连文部省似乎也有些等得不耐烦了，不知道这项工作何时才能完成，于是就通知各个负责此项工作的画家，到次年也就是昭和二十三年年底，临摹工作将全面终止。我写的报道就是关于这个消息的。

报纸上还报道了当时临摹工作的进展情况，入江组完成了七成，荒井组完成了六成半，其他两组大约完成了五成。又过了一年，昭和二十三年六月，入江波光在壁画临摹工作即将完成之际突然去世。他负责的六号壁已经画完了百分之九十左右。

法隆寺金堂发生火灾时，我已经移居到了东京。当时正在大阪的我的同事——每日新闻出版局的岸哲夫君很快决定在季刊杂志《佛教艺术》上推出了特辑"失去的法隆寺壁画"。在这项工作上，我也从旁帮了一些小忙。这是我作为报社记者所做的最后一项关于法隆寺的工作。如果还在大阪担任以前的职务的话，为了写法隆寺金堂火灾的报道，我应该会不停地跑法隆寺吧。

但是我觉得可以不用去做这项工作真是太好了。因为那肯定是一项令人心情沉重的、让人讨厌的工作。

最终，临摹工作历经八年岁月，在即将完成之际不得不中止了，而且已经临摹下来的壁画，也有一半被烧毁了，保存下来的都很珍贵，因为原画都已经烧毁或者破损了。负责临摹工作的画家们的辛苦绝没有付之东流。

宝珠院的庭院中灿烂的樱花。荧光灯下壁画华美的色彩。身着淡蓝色衣服如同修行者一般的入江波光。说有生命的事物终将消亡的荒井宽方。以及在金堂和宿舍之间不停地来来往往的画家们的身影。——这些作为战争结束前后日本最黑暗的时代中的一个片段，清晰地，同时也带着某种寂寥，直到现在仍然在我眼前闪现。

桥本关雪

我真正感受到桥本关雪①的作品之美是在昭和十五年秋天大阪的南海高岛屋举办的关雪的"中国风景画展"上。在那之前，我也见到过很多关雪的作品，虽然世间对其评价很高，但对我而言却没有什么吸引力。

当时的关雪已经在数年前结束了创作高峰期，作品的数量已经减少到了高峰期的几分之一，但是不管怎么说，他的动向还是京都画坛上最抢眼的。那年也是如此，报纸上大肆宣传他在大阪举办"中国风景画展"的同时，还在东京举办了以花鸟为主的个展。我因为有事来到京都，在高岛屋看了他的个展，但还是跟他以前的作品毫无二致，我没法从中感受到风景画展的美。

在举办这些个展之前，他在这一年的春天，在纽约万国

---

①桥本关雪（1883—1945），日本画画家。一生中曾多次到访中国，其人精通中国古典，其绘画常常取材于中国古典、中国风物，其创作风格被称为"新南画"。

博览会展出了《霜猿》，获得了好评，到了三月，他为了描绘战争，前往中国进行他的第四十几次中国旅行。

虽说创作高峰期已过，他终于可以静下心来画画了，但是其一举手一投足，还是会被媒体大肆报道。

对于关雪的这种盛名，虽然并没有什么值得一说的理由，但总是令我反感。虽说他在画坛从不拉帮结派，在京都也算是一个特别的存在，但我感觉他的所作所为无不在投时代之所好，作为一名美术记者，这样的关雪令我感到腻味。

当时，我跟关西的画家基本上都见过面了，但是没见过关雪。没有什么特别的原因，我也生不起去拜访这位据说不爱交际的画家的心思。作为新闻记者来说，他当然属于我必须要去见见的人物，但是我总觉得懒得去见。

对他的作品，我也说不上喜欢。关雪的作品，具有强烈的个性这一点自不待言，不管是人物，还是山水、花鸟，或是诗文、墨迹，都呈现出浓郁的关雪特色。喜欢他作品的人，被这一点强烈吸引，相反的，另一部分人却对此非常反感。虽然我明白关雪作品的特色正在于这一浓烈的个人风格，但我也是对此抱有反感的人之一。

不过对于"中国风景画展"上展出的二十多幅画，我感到无条件地佩服。作品从表面上看已经完全看不到关雪的味道了，中国的风景罕见地逃过了关雪的算计，淡淡地呈现在画纸上。

我把自己在这个个展上的感受如实地写在了文艺栏的一个角落里。当时文艺栏也好，周刊杂志也好，都不停地去烦关雪，从他那里拿到了很多稿件和绘画什么的，所以也不能写他的坏话。

我写的是，从先生此次风景画展上的作品来看，先生浩瀚如海的才能，在风景画上，远比在花鸟人物上，更能形成一个体系。

在这篇短小的评论文章刊登之后，很快第二天我就收到了来自关雪的一封快信。是用钢笔匆匆写就的乱七八糟的一封信，到处都是涂抹或添笔的痕迹，很难看清楚。是对我报道他的中国风景画展作品的感谢信。信上写着，此次风景画，我自己也觉得跟之前的作品有所不同。很高兴你也能看到这一点。希望最近能有时间跟你一起慢慢聊天。最后，他还加了一句，老实说这样的风景画，画多少我都不在话下。我感觉这最后一句话很讽刺。

之后过了大概一个月左右，我正好有事必须要去见关雪。于是我就决定去宝塚的大别墅拜访关雪。

那是一座非常大的宅院。因为是暮秋，大宅院内外都铺满了落叶。

我被带到一个大客厅，在那里等了很长时间。在等待的时候，透过被拉开的隔扇门，我看到隔壁客厅出现了一只像小牛那么大，看起来跟豹子有几分相似的动物，它慢悠悠地朝我走了过来，一屁股坐到了我旁边。这是美洲狮吧。虽然我并不认为它会伤害我，但还是感到有点害怕，没法安心地坐下去。把这样的动物放在房间里任意走，还让它自由出入客厅，我不禁对这样的主人心生厌恶。

等了大概三十分钟左右，关雪出现了。是一个圆滚滚的矮个子老人。虽然他看起来很老，但其实应该只有五十六七岁。

他穿着长长的棉坎肩，弯着腰，朝这边走来。看着既不像画家，也不像文人，倒像是一位练剑的。在桌子前坐下来之后，他看向我的眼神可以说是怯怯的，感觉非常内向。跟我之前所想象的关雪完全不一样。他说话的声音很小，语速很快。笨嘴拙舌得让人听不明白他说的话。

我向他约了那时在报纸上连载的关雪的绘画和文稿。

我把事情一说，他慌慌张张抢话头似的，马上就应承了下来。后面他看着坐立不安，一副想让我赶紧回去的神情。他好像已经完全忘了自己说过想跟我聊聊这回事。他的目光也是一会儿挪到坐在我旁边的动物身上，一会儿又落到院子中的树丛上，就是不看我。

"那我就告辞了。"

听我这么一说，他似乎松了一口气，很快站起身来，把我送到大门口。在我穿鞋子的时候，他才说了句：

"之前，谢谢了。"

他在大门口跟我告别时很有礼貌。小小的圆滚滚的身体稳稳地跪坐在那里，感觉特别老实。我走出大门口，走了大概四五米，回过头，想要再次鞠躬，结果发现关雪已经不在门口了。他已经离开了。他消失得如此之快，仿佛是在说不想再浪费时间了。

我感到有些不快，但是这样的关雪身上有一种与别的画家迥然不同的东西，又令我感到很有意思。他的性格中有很多自相矛盾的地方，他很神经质，很在意别人的感受，但同时又很任性，不肯妥协。我隐隐约约地感受到了他的这种矛盾性，但是并非不能理解。

自那以后，我与关雪见面的机会一下子多了起来。说是见面，其实也都夹杂着工作，可即使如此也算是频繁了。关雪不停地给我寄明信片或写信。都是跟第一封信那样用潦草的钢笔字写就。我经常会突然接到他似乎是一时心血来潮写的东西，接着后面又会来一封更正的信。我收到过好几首他潦草写就的俳句，很多时候紧接着就会接到他的下一封来信，说那是自己最后所写的歪诗，让我撕了扔掉。我也明白他的性格，也从没想过要把这些刊登在报纸上。

虽然在信里面他能够打开心扉，但是真见了面，还是跟第一次见面的时候一样。丝毫没有他在信上表现出的那种热情。我从他那里收到了好几封热情洋溢的信，然后又跟冷漠得仿佛是另外一个人似的他见面。

关雪一喝酒，就能连续喝好几天。人也跟换了一个似的，变得傲慢，旁若无人。我曾经有一次在官方场合见到过这样的他，所以他这样的时候，我绝不靠近。有两三次他从酒宴上打电话过来，我都没有接。我可不想成为老虎口中食。

昭和十六年年末，京都举办文部省美术展览会关西展的时候，我曾拜托他写一篇关于展览会的评论。我跟他说可以写一些你想写想说的内容，不知道刮的什么风，他很感兴趣，当即就答应了。

我离开关雪的宅邸之后，不知道他是不是马上就拿起笔写了，第二天我就收到了数张名为腊月杂记的文稿。

"参加文部省美术展览会，一晃已经三十多年了。还从未见过如此次展览会那般差劲的。以我目前的立场似乎什么都不能说，就跟被封口了一般。但是如果是那样的展览会的话，就跟油画家们曾呼吁的那样，应当停办展览会，再朝前迈出一步。

老画家们学习还算努力，中年画家们的不求上进算怎么回事。老画家们不管好坏都各自拥有自己的风格。中年画家们稍一放松就会露底。据说此次审查中选了很多展现新趋势的画作。从我自己的经验来说，这些话极有可能是谣言。但是，从入选作品的倾向来看，也不能一口断定这就是谣言。可你去看看，哪里能看到什么一鳞半爪真正意义上的新趋势？不都是些油画玩剩下的玩意或者是招贴画的扩大版么？而且，近来还有些人的画就像是把照片直接放大了一般……不，自以为把照片扩大的画很多时候都能获奖。此次的《——》（注：此处作者故意隐去了作品名字。原文中亦用"——"代替。）据说评价很高，但是那种画如果将其还原成单色影印版的话又会怎样呢。这幅画选材很机智，很有意思。但是这样的画如果在评论家当中也深受好评的话，那对日本画来说是一件很悲哀的事情。有个评论家把那座中国建筑当成了某个地方的神社，写了一篇花里胡哨的评论。"（除了作品名称之外，其余都跟原文一样）

他用这样的语气写了好几页，对于日本画家的批评可算是疾言厉色了。而且他特别批评的那幅画是那一年最受好评的作品。

我读了他的稿子，因为离刊登还有两三天时间，所以就把它放进了书桌中。

第二天，书桌上又放了一封关雪的来信。上面写着他想修改一下稿子，让我把稿子还给他。到了傍晚，他又写来了一张明信片，上面说稿子的内容有些过激，让暂缓刊登。

到了第三天早上，我收到了他的电报"决不能把稿子刊登出来。桥本"。这一天我还收到了另一封内容一模一样的电报。

我见到他的时候，关雪可能已经喝过酒了吧。他是在酒劲的驱动下写了那篇批评展览会的文章吧。

现在长长的酒宴结束了，酒也醒了，他逐渐意识到了自己所投稿的那篇评论展览会的文章会产生多大的影响吧。我仿佛亲眼目睹了关雪慌张的样子。

这样带着酒气的关雪与平常的关雪简直判若两人。平常的他，与其说是不爱交际，不如说是很怕人。他对于不知性情又不太熟的人的那种害怕程度，简直让人觉得有点可笑。

直到关雪去世，我都跟他保持着一种微妙的关系，不知道算熟还是不熟。

我还是无法抹去对他作品的反感，但是我喜欢作为艺术家的他。

我好几次去他位于京都银阁寺的豪宅拜访。我最喜欢看关雪在客厅里面朝庭院深处的池塘坐着的样子。

坐在客厅里能听到池塘中不时有水鸟拍打翅膀的声音。

虽然宅邸豪华壮丽，但是小个子的画家坐在那里，跟初次见面时一样，总是慌里慌张的。他身上总是有一种惴惴不安的、害羞的、阴郁的神情。

我在他面前坐不了三十分钟。每次都是事情一说完，就马上起身。我心里很是同情这位害怕交际的孤独的画家。

每次我拜访他之后的第二天，都会收到他字迹潦草的信。明明见面时候就可以说的话，他偏偏要诉诸笔端，不过在写的时候他的神情是愉快的吧。

在空袭越来越严重的昭和二十年二月末，关雪去世了。

我是去报社上班的时候知道的，内心久久不能平静。除了哀悼他的去世之外，我还感到一种深深的寂寥，一位与自己关系密切的人物突然间就消失了。

我很快写了一篇追悼关雪的小文章。那时候报纸版面紧张，起码要过两三天才能刊登出来，但我还是怀着一种被催促似的心情写下了这篇文章。写的时候，我的感觉很奇怪，觉得自己不像是在对着读者写，而像是在对着关雪写。我不想说些恭维话，也不想说他的坏话。我总感觉如果不如实写的话，就会被醉醺醺的他骂个狗血淋头。

"见了面之后让人觉得一点不像画家的人，除了关雪画伯之外再无二人。他给人的印象与其说是一名画家，不如说更像是一位武术达人。而且，他还不是像大宗师那种类型的,他身上有一种锐利感,就像是一个人在深山老林里磨炼武艺一样。他看着比实际年龄显老的矮小的身躯精力充沛,粗粗看来旁若无人似的笨拙的说话方式中,蕴藏着真正与艺术对决的人才有的气魄。和其他大画家们相比较,先生在画坛上似乎是很孤独的。不过这些都只是他人的看法,先生自己专注于胸口涌动的丰沛感情,或握画笔,或创作格调一流的文章、诗、短歌、俳句,还经常跨越大海,坐着飞机,过着比谁都忙碌的毫无闲暇的岁月。先生的作品是当下画坛最具个性的画作。先生的作品之所以俘获了大批爱好者,其魅力在于,他的作品不是画坛上那些华而不实的标准之作,而是在画幅中多角度多方面展现了先生的人性。所谓的关雪特色——体现在作品中的关雪的人性,将来是会变得更加浓厚,还是逐渐淡去,这一点是关于先生的一个最大的问题,但遗憾的是先生没有向我们展示他的解决之道就骤然离世了。"

我在写这篇文章的时候,收到了来自关雪的快信。是一份题为《战争与天气》的稿件。此外还有一封简短的信,上面写着我知道可能没有刊登的版面了,但是因为想写,所以就写了寄给你。这次的稿件很罕见地是用毛笔写的。是去世前夜写的。

虽然标题有些怪异,但是文章内容是很闲适的随笔,最后写着一句"空袭连三月，寂寂冬山眠"。

关雪的信总是用快件送来的。我从关雪那里收到过好几十封快信，但是这封他逝世后收到的快信是最后一封。

他的稿件当然没有刊登在报纸上。那不是一个能够刊登随笔的闲适的时节。多年来报社一直在追着他要稿子，但是他主动投来的最后一篇稿子却没有被采用。

昭和二十一年秋，我和桥本家长子节哉先生前往石川县小松市。据说那里有很多关雪的拥趸。我们去那里是为了看当地人珍藏的很多关雪晚年的作品。

北陆有很多关雪画作的爱好者，仅小松市就有数十人，收藏了大约三百幅作品。我们看了其中的几十幅。

在这里所见到的画作有一个共同点，那是关东关西的关雪画作爱好者们收藏的委托画作所没有的独特个性。这一点令我很感兴趣。

这些作品中很多都毫无矫饰之气，没有那么强烈的关雪风格，很少呈现出关雪的特色，令人感受到一种纯粹。

为什么关雪会把那么多不具有关雪画作典型特色的、因此拥有了另一种美的作品留在这座北陆的小城市呢？能想到的原因只有一个。

关雪大约是怀着一种悠闲的自娱自乐的心情，为这些北陆小城市的拥趸们拿起了画笔吧。

他不用担心这些画会被挂到展会上，也不用担心它们会被挂在豪奢的客厅，接受众人的品评。怀着自娱也娱人的心情，他毫无负担地拿起了画笔。这些作品原本就极其幸运，不管关雪画的是什么，怎样画，它们都注定会受人喜爱，被人尊重。在画这些作品时，关雪心中肯定既无争强好胜之念，也无傲慢之心，心底是毫无顾虑的吧。那惴惴不安的眼神、害羞的神情、和酒劲一起弥漫在他心中的倨傲，在创作这些作品时，应该都是不存在的吧。

关雪享年六十二岁。我想如果他更长寿的话，也许在他的老年阶段，在他的大作、力作中，那所谓的关雪特色会逐渐消失，转向小松市的小作品中隐约可见的那种纯粹。关雪这样一位创作者，直到晚年也丝毫不见老态，其画作拥有独特的个性和价值，但另一方面，从更高的艺术完成度来说，他是最需要老年的人吧。

昭和二十二年春天，我曾经和节哉先生一起，沿着兵库县、冈山县下属的濑户内海各城市转了一圈，去看关雪初期的大作。这些作品大部分都被收藏在当地富户的仓库中。在战后的混乱时期，他初期在展览会上展出的作品有可能会逸散，所以我们就想着先去看看那些只听过名字的作品。

在这过程中碰到了好几幅冒名关雪的伪作。几乎全是一位名叫原某的人所画，于是节哉先生就说：

"这也是原关雪画的，这幅看着也很奇怪。"

每次他这么说的时候，都一脸同情地看着画作的收藏者。节哉先生似乎能够很快判断出是不是伪作。对我来说，有些能够很快判断出来，有些则难辨真伪。模仿得惊人地相似，有些虽然是伪作，却也形成了独特的风格。

伪冒关雪画作的原某是关雪的朋友，年轻时似乎跟关雪一起学过画，中途误入歧途，曾经受过关雪很多帮助。但是后来他伪冒关雪画作的事情败露了，所以最后关雪就主动和他绝交了。我写过一篇小说，叫做《一位赝作家的一生》，创作动机就来自于此时。

后来，出版关雪素描集的时候，我忝列编辑委员，得以看到了大量关雪留下的画册素描。福田平八郎先生选定了放进素描集的作品。

我看了这些，觉得每一幅都很美。我甚至觉得他的素描是最美的。其中有一幅画梨花的，感觉怎么看也看不够。

"此次首经锦古线。有瞭望塔的村落，筑有堡垒的山间小站。雪化之后梨花盛开。画兴盎然。"

我想起了这张他从北京的日华宾馆寄来的明信片。

（昭和二十八年六月）

前田青邨二三事

我第一次真正能够以观赏的眼光去看前田青邨[①]先生的画作，是昭和十三年在日本美术院展览会上看到他的参展作品《大同石佛》的时候吧。昭和十三年，从年谱上来看，先生时年五十三岁。先生以其壮年期明朗豁达的力量，将那个拥有巨大身躯和端丽面容的石佛描绘成了黄沙万丈的大陆之心。因为那是昭和十三年的事，所以选择这样的题材，或许也有考虑到时局的因素吧。但是，在历经了三十七年岁月的今天，当我们站在这幅作品前面，内心还是会获得一种与时局无关的巨大感动。先生描绘的是与时代、战乱、民族兴亡全然无关的，只是静静地俯视着这一切的绝对存在。我们可以称之为超越时空的存在，也可以称之为大陆之心。我不知道先生自己是否意识到了这一点，但是不管怎样，他的画笔落在纸上的就是这样的存在。

[①]前田青邨（1885—1977），日本画画家。擅长历史画、肖像画、花鸟画。晚年与安田靫彦一起共同主持了法隆寺金堂壁画复原工作。

换言之，先生前往大陆，游览大同，站在大同石窟群面前。但他的精神已经进入到了巨大石佛的内部，像石佛那样经历了它存在的漫长岁月。唯有如此，先生才能描绘出这样的石佛。画面右下角那个像是画家自己的小小的青衣人物，我以为是颇具暗示性的。

我在昭和十一年进入每日新闻社大阪总部，从第二年，即昭和十二年春天开始负责美术版面。《大同石佛》应该是我第一次以美术记者的身份欣赏的先生的作品。先生虽然时年五十三岁，但是前一年当选了帝国艺术院会员，俨然已是一代大家。所以，我开始欣赏先生的作品，是在先生已经拥有了大画家的地位之后了。昭和十四年的《朝鲜五题》、昭和十五年的《阿修罗》、昭和十七年的《奎堂先生》《清正》等，战争时期的主要作品都在此之后。战后，先生在昭和二十二年参展日本美术院展览会的作品《故乡的先觉》也给我留下了深刻的印象，但在那以后我自己离开了报社，进入了创作生活，所以每年的日本美术院展览会有时去看，有时不去看，很是随意。但是当时世间评价很高的作品，我基本上都没落下。

我当美术记者时期日本画坛的大家们，如大观、栖凤、松园等，大部分已经作古。而先生直到现在依旧精神矍铄，精研画技，实可谓是老当益壮。高松塚壁画的临摹、敬献给

047

梵蒂冈的画作《细川伽罗奢夫人像》的创作等等，年过九十的先生依旧如壮年时期一样，精力充沛地继续着他的创作活动。

今天如果有人让我说一句话来评价前田青邨先生的话，我只能用如同仰望郁郁葱葱的大树这样的话来表达。如果有人让我对他的绘画工作发表一下感想的话，我只能说郁郁葱葱的大树的长成，非一朝一夕之功。先生在创作《大同石佛》时已然是大树，其后三十七年间，更深扎根系，舒枝展叶，成为了冲天大树般的存在。并不是所有大树都能长成冲天般的存在。壮年时期的先生已是天选之人，已经预示了会有今天的成就，而作为天选之人，为了能够将这预示的成就变为现实，也需要经历其后三十多年的岁月。那是他用一生所结出的美丽出色的果实。

从《大同石佛》到《细川伽罗奢夫人像》，先生的绘画有怎样的变化，心境有怎样的提升？——这个问题大概是前田青邨论的核心吧，但是我既非美术家又非学者，这并不是我的任务。对我来说，比起这些，我认为关于先生最为重要的是，他在每个时期都全身心投入工作这一点。这一对先生的看法，成为了一种信条，很久之前就已经牢牢地长在了我的心中。都说再没有一个创作者像先生这般拥有这么多的代表作，我深以为然。

就我自己所在的文学领域而言，像志贺直哉、谷崎润一郎都是有很多代表作的作家。如果要在这些作家的作品中选出五篇代表作的话，不同的人大概会选出全然不同的作品吧。

虽说绘画和小说有所不同，不过如果要从前田青邨先生的绘画中选出五幅代表画作的话，不同的人会选出截然不同的画作吗？一位画家的心境是否高深，技巧是否出色——当然这些也都是很重要的，但是，作品所各自拥有的生命的火焰超越了这些，比这些更能强烈地显示在画面上。不得不说，这是在每个时期都全神贯注地工作，将自己的一切都倾注其中的人才能拥有、也必定拥有的宿命。

先生确实拥有许多代表作。而且，这些代表作多种多样，多姿多彩。仅就历史画来看，内容就各不相同，有描绘历史人物的，也有描绘历史风俗、历史事件的。如果再想到历史画之外的作品，那就不得了了，各种曾经看到过的画面纷至沓来。企鹅、鲤鱼、梅花、千纸鹤，在各个方面都有好多可以称之为代表作的作品。还有很多描绘了阿修罗、紫禁城、天坛等的画，这些都是先生在每一个时期作为画家的证明。

从《大同石佛》以来，先生大道直行，直至今日。在我眼中，他的大道，是以各个时期的代表作铸就的钢铁之道。正如罗丹之道、戈雅之道、毕加索之道，先生之道亦如是。

在谈论到青邨先生的艺术时，人们无一例外地都会谈到他的线描。那浓淡不一、缓急相间的线描毫无疑问是先生独有的，谁都无法模仿。时而轻妙自在，时而强烈深沉。时而又能让人从中感受到庄严凛冽的生命的力量。

先生通过线描形成的独特表达有着怎样的作用，包含着怎样的深意，这个问题极其重要，触及到了青邨艺术的本质，但是谈论这些并不是我的任务。对我来说，与《大同石佛》的邂逅，是我人生中的一件大事。之所以这么说，是因为自那以后，先生的线描对我来说就成为了一种特殊的存在，先生所描绘的世界对我来说也具有了特殊的意义。只要是先生画的，不管画的是什么，我马上就能判断出这是出于先生之手，同时感受到一种难以言喻的安心。我心中会情不自禁地涌起一种喜悦和期待，仿佛这里有一个从不出错的世界。

对我来说，先生的作品无所谓成功之作或失败之作。——成功的当然很好，就算是没成功的，对我来说也没什么不成功的意思。

在学问、艺术的世界，有几个人令我既相信他们的人品也相信他们的作品。这么说可能有些失礼，但是先生正是这少数的几人之一。成功不成功的，那都算什么呢。我觉得先生的大气、优秀并不体现在这些地方。

在文学世界，也有那么寥寥数人让我对他们的人品和作品都深信不疑。只要读两三行他们写的文章，就能马上知道是谁写的。他们作品的语言朴素、简洁、洗净铅华却又充满力量。就如同青邨先生的线描一般。

我相信，不管是艺术家还是文学家，作为艺术家、文学家度过一生，便意味着通过创作来刻画自己的人生。一定是一步一步以创作的形式来雕刻自己活着的证明。大艺术家们皆是如此。没有所谓的成功或不成功。只有卓尔不群。我作为一介不起眼的文学创作者，也想要效仿先生，走那样的人生之路。

在先生多姿多彩的创作活动中，我尤其为他的历史画所深深吸引。我自己就在写历史小说，所以自然而然地就会对先生的工作产生兴趣。

不管是画历史人物，还是截取某个历史事件当中的一个情景，在变成作品之前，都会在先生心中酝酿很长时间。之前提到《大同石佛》时，我说先生进入到了石佛内部，把石佛存在的漫长的时间，按它存在的样子活了一遍。在先生所创作的所有历史人物画上，可以说皆是如此。三浦大介、松荫、白河乐翁等等，在创作这些人物时，先生也都必须要进入到这些人物内部，按他们生活的样子活一遍。若非如此，岂能画出那般栩栩如生的三浦大介、松荫、白河乐翁呢。虽然有描写内心、从内心开始刻画之类现成的话，但是用来形容先生在拿起画笔之前所花费的漫长的、孤独的、痛苦的、多少还有点沉重的与时间之间的对决，那无人知晓的、先生独有的秘密工房中的工作时，却未必适用。进入描画对象的内部，像对方生活的那样活一遍，是一项艰辛万分的工作，严格来说，我觉得没有什么语言可以用来表达。

在文学创作中，可以用文字描绘出自己如何进入对方的内心，如何体会对方的人生，但是在绘画中，这一切只能潜藏在画布之后，呈现于对方某日某时的表情、姿势上。《故乡的先觉》《Y先生像》《耳庵像》这些人物画，或是像《等待出发》这样的作品，都经历了这样的创作过程。还有那些不是画单一人物的画作，如《解剖》《知盛幻生》《山灵感应》等群像画作，应该也是如此吧。

目前我正在创作一部以利休为主人公的小说，作为小说家我觉得颇为幸运的是，先生没有创作过"利休"的画像。如果先生创作过利休画像的话，我大概很难摆脱先生所画的利休的影响。其他的作家、画家就算创作过利休，对我来说也没有什么太大的影响，但如果青邨先生创作利休画像的话，我肯定很难不去关注他。

我一边写小说"利休"，偶尔脑海里也会闪过那个"没有被画出来的先生的利休"。如果是由先生来画的话，关于利休他会画哪个场景，又会如何画呢，这种想法不时在我心中涌现。

至此，关于前田青邨先生的绘画，我毫无虚饰地如实写下了自己平生所感所想。原本我这篇小文的任务是对先生的《汲水》绘卷发表一下解说性的看法，但是我想还是把我自己与先生的艺术世界的相遇都记下来会更方便。而且我觉得这也将是我对《汲水》绘卷的解说吧。

《汲水》是昭和三十四年参加日本美术院展览会的作品，是先生在七十四岁时创作的，发表当时获得了很高了评价，这些都无须我赘言了。奈良东大寺二月堂一千两百年来每年都会举办名为修二会①的古老仪式，从未中断，正如画题所示，先生的绘卷描绘的正是这个仪式上的十六个场景。

汲水仪式是在每年的三月一日至十四日举行的修行方法，历时十四天。但在这之前，从二月二十号开始，练行僧（住寺僧人）必须要另起炉灶做饭，做好准备。这是进入正式修行之前的准备工作。接着，到二月的最后一天，他们一起进入二月堂的斋戒所，从第二天三月一日到十四日一直在

---

①寺院在每年的阴历二月初（阳历3月）举行的祈祷国家昌盛的法会。东大寺二月堂的该法会每年3月1日至14日举行，因有汲水仪式,尤负盛名。

里面祈愿修行。在正式修行的这十四天内，基本每天都分为六个时段，分别是日中、日落、初夜、半夜、后夜、晨朝，在二月堂正殿主佛十一面观音前进行。练行僧们通过修行，忏悔自己的罪业，同时祈祷天下太平，万民安乐。

修行的主要方法是十一面悔过法，僧人们在主佛十一面观音前，一边一句句唱着十一面神咒心经和观音宝号，一边五体投地，礼拜修行。进行修行的正殿内光线昏暗，只有灯火的亮光。在修行过程中，抑扬顿挫的读经声和读声明的声音回荡着，僧鞋踩过地板的声音都带着一种非同寻常的激烈。

每天晚上，会有长达五六米的大松明照亮登廊，二月堂的舞台上飞舞出大大小小的火星，在黑暗中纷纷扬扬。这是一般人都知道的点松明仪式。只看这些的话，似乎是一场关于火的活动，关于火的仪式，但其实整个修行活动是由各个复杂的小仪式和极其细致的规章构成的。在第十二夜，会举行一场名为汲水的仪式，即从若狭井中汲水，供奉在主佛面前。第十二天、第十三天、第十四天这三天晚上，到了深夜之后会举行达陀妙法，可谓是水火乱舞，正殿内松明的火光不停地跳跃着。

我仅仅是偷窥了一部分汲水仪式，但还是感受到了其中无法用语言形容的猛烈、严格、美丽，感觉到连自己的心也得到了净化一般。世间称汲水仪式为呼唤春天的仪式，我不由得感到，或许只有通过这样严格的猛烈的修行才能呼唤来春天吧。此外，我还对他们在日常修行中迎请全国一万三千七百余社的大明神、四天王很感兴趣。而主佛十一面观音竟然谁都没有参拜过，这也令我有一种莫名的感动。

简单来说，我认为汲水仪式是一场有着出色的音乐般结构的宗教戏剧。是一场充满了神秘的、混沌初开的、虔诚的不可思议的能量的大戏剧。这其中除了佛教之外，毫无疑问混杂了神道、修验道以及其他异国的宗教，最重要的是，我们不能不感到，裹挟着这些的日本古代之心就这样如实地呈现在了眼前。

以上是对汲水仪式的简单介绍，但是我觉得仅是这样的介绍就足以了解前田青邨先生与汲水仪式的关系了吧。汲水仪式正是先生的世界，再没有比这更适合先生的素材了吧。除了先生之外，应该也没有几个画家能够真正挑战汲水仪式吧。描绘汲水仪式，就意味着要深入到汲水仪式的内部，不像住寺僧人那样真正接触到修行中燃烧的神秘火焰，就无法把这个仪式描绘出来。先生从内部、外部，分十六个场景描绘了汲水这一古老的仪式，这十六幅作品中，先生独有的线描深邃、锐利，栩栩如生，发挥出了应有的效果。这么来看的话，先生是动用了自己作为画家的所有独特的东西，才创作出了汲水这一作品。这才有了出色的白描淡彩的《汲水》绘卷。在这个绘卷前面还配有一幅《千手观音菩萨像》，所以这一绘卷总共是由十七幅作品构成的。

千手观音像从未有人参拜过，在若狭井汲水的场面，除了练行僧，也没有人看到过。所以，这两个场景是先生凭借自己的想象画出来的，但是主佛十一面观音应该就是如先生所描绘的那样吧，汲水的场面也应该如先生所画吧。怎么会有其他可能呢？先生身上就是有这样令我深信的东西。不管事实是否真的如此，我只愿意这样相信着。如果没有这份对先生的信任，从《大同石佛》到现在，先生和我之间历经三十七年的神交早就无法继续了吧。不是先生无法继续，而是我无法继续。相信这个人以及他的作品，大概就是这么回事吧。

我直到去年秋天才第一次跟先生说上话。在我年轻时候当美术记者那会儿，也曾在京都的展览会上远远地看到过先生，但我们之间的关系也仅止于此而已。去年第一次真正见到先生时，我完全没有初次见面的陌生感。先生目光冷淡，给人聪明冷静的印象，而这正是我长期以来在心中描摹的先生的形象。

那天晚上，在回家的车上，我对妻子说"真是美好的一晚"。那一夜对我来说如此特殊，以至于除了美好的一晚之外，我竟不知道该如何形容。

国枝金三

我第一次见到国枝金三[①]是在昭和十三年的秋天。那时二科会[②]关西展正在大阪天王寺的美术馆中举办。

这一年,他参展的是《冬枯》《夏草》两幅作品。跟他当时的其他作品一样,这两幅作品也非常朴素,在炫目的作品琳琅满目的会场上,毫不起眼,观众稍不注意就会忽视过去。

因为他是大阪的画家,所以我就很仔细地看了《冬枯》《夏草》这两幅作品。两幅作品都属于安安静静的风格,属于他当时老老实实的画风中的小品。

那会儿我刚成为美术记者没多久。我喜欢画画,从学生时代开始只要一有机会就去看画,但是除了大学时代给自己

[①] 国枝金三(1886—1943),日本西洋画画家。以都市风景画见长。
[②] 近代日本著名的美术家团体之一。由石井柏亭、坂本繁二郎、梅原龙三郎等11位画家于1914年成立,每年秋季举行画展。一方面向日本国内介绍国外的绘画新趋势,另一方面积极挖掘和培养日本国内的年轻画家。1944年一度迫于政府压力解散,1945年再次组建,延续至今。

上过课的须田国太郎①先生，可以说一个画家都不认识。

那时，我走进设在会场一角的二科展事务所，看到有几个看着像是画家的人挤在里面，喝着茶。其中就有国枝金三。只有他一个人，远离众人，高高的个子弯着背坐在椅子上，叼着香烟，呆呆地透过窗户看着屋外。我记得那会儿正下着雨。

从背后看去，他的坐姿让人感觉他仿佛是坐在区役所那种地方的椅子上似的。我走到他身边，递上了自己的名片。

朝我转过来的那张脸，就像是用竹签串着人头的喜剧傀儡中的一个似的。那是一张典型的平民的脸，眼睛凹陷，下颚四方，看不出多大年纪。

他跟我说了一两句话，倒了茶请我喝，然后又像我刚进房间时一样，呆呆地朝屋外看去。我没有什么特别的事，就一边抽着烟，一边不经意地打量着国枝金三的侧脸。我感觉他发呆时的脸非常美。觉得那就是艺术家的脸。

很奇怪的是，与他初次见面的场景，一直留在我的记忆里。直到现在仍然记得清清楚楚，不管是会场上陈列的作品，还是他的表情。

国枝金三的脸，远远说不上是美男子，但是很有自己的

---

①须田国太郎(1891—1961)，日本西洋画画家。其作品风格厚重,融合了东西方绘画技巧。

风格，长得很好。他的脸是我迄今为止见过的众多艺术家的脸当中，最喜欢的脸之一。

他的作品也是这样，并不特别受画坛欢迎，也没有什么作品被报纸竞相报道。当然，也就没有被艺术商人追着跑的情况，也没听说过有人特别喜欢他的作品。国枝金三呆呆的眼神似乎看着作品的某个地方，这种眼神使得我的记忆中时隔多年之后依然清晰地保留着他的作品。

我每次想起他，眼前就会浮现出很多他的作品，这些作品有很多我都已经记不得它们的名字了。杂草中的小鸟。灌木丛中静静绽放的紫色小花。杂木林中的水坑、岩石。——全都是自己脚边的小风景，山坡上一小部分，或者是一小部分中的一小部分，小角落中的小角落。

当然，在我见到他之前，他也在他的作品中做了很多尝试，受到过各种新风向的影响。但是自我认识他之后，他就一直是一个静静地看着自己脚边的一小块地方的画家。

从那以后，直到他去世的昭和十八年秋天为止，除了住院时期，我经常去拜访他位于西赈町的家。无一例外，都是为了请他在报纸上写个什么稿子或是请他出席某个座谈会之类的事。

在末吉桥附近下车，走进一条被称为废品街的到处是垃圾的小弄堂。两边都是小小的房子，乱糟糟的。在这条弄堂中，四面抹了泥灰、屋顶最大的那幢房子，就是国枝金三的家。只有他家的屋顶远远高出其他房子一大截。我每次去他家都以此为目标。

走入玄关，右手边是一个四叠左右的小房间，里面乱七八糟地放着各种各样的东西。有楼梯从那里通往二楼的画室。刚走进玄关时的感觉，就是纯大阪风格的普通人家，怎么也无法想象这是一个画家的家。

但是，二楼将近三十叠左右大小的画室非常明亮。无论我什么时候去拜访他，他都在画室里。有的时候面对着画布，有的时候躺在沙发上看书。有两三次他正在跟一个像是弟子的年轻女子说话，但是大多数时候都是一个人。

他右肩微微上耸，以一种奇怪的姿势走过来，嘴里说着"欢迎"，带着一副百无聊赖的神情，请我坐在椅子上。从始至终他都是一脸兴趣缺缺的样子，但又绝不是不快。他总是微微低着头，说话断断续续，慢悠悠的，带着几许温和。

去他家拜访了好几次之后，我才发现他是用左手拿画笔的。

当我看到他左手拿着画笔，举到和肩同高的位置，眼睛看着画布的样子，不由得吃了一惊。他正在用左手涂颜色。正想着好奇怪，却看到他的右肩不自然地往上耸着，这姿势说奇特还真是挺奇特的。

后来我才知道，他在上商业学校的时候参加相扑比赛，结果右手臂受伤了，一直都没好，一生都被右手臂的疼痛折磨着。因为医生说这个手臂如果再痛起来的话，就必须要切除了，所以他就放弃继承家中的蜡油生意成为商人的想法，成了一名画家。他用左手拿画笔，但是字还是用右手写的。

他右手臂的病痛究竟是怎么样的病，我并不是太清楚。虽然这完全是出于我的臆测，但我猜测那会不会是某种结核性的疾病。他一生都苦于右手臂的疼痛，事实上这也最终夺走了他的生命，但又是因为这条手臂，他得以成为一名画家。

如果他的右手臂没有什么问题的话，画家国枝金三就不会存在，在大阪的庶民街区中，他高高的身体上那喜剧傀儡似的头上，那平民的脸上，就不会露出发呆的美丽神情吧。

我跟他相识时，他手臂上的病已经快要开始恶化了，不知道是不是由于疼痛的原因，他的作品中总是会在某处使用紫色，就像是某种徽章似的。

我第一次见到他时的二科会上展出的作品中，也使用了紫色。那紫色闪耀着冰冷的光泽，仿佛能冰冻住人的内心。那应该是他最早使用紫色的作品吧。所以，我所知道的国枝金三是一直与右手臂的病痛斗争的国枝金三，他的作品几乎全都在某处巧妙地使用了紫色。我无法将他晚年作品中频繁出现的紫色与他手臂上的病痛分开来看。

昭和十六年七月，我听到一个传闻，说是国枝金三住进了堺医院，右手臂已经被截肢了。

时值盛夏，我在报社玄关处听到这个消息，一想到他失去右臂的样子，不由得心中黯然。我到底没有去看望他。

"最后还是输了啊。不过，总算是感觉轻松点了。"

我可以想象他说的话以及他说这话时的神情。他肯定还是跟平时一样一副百无聊赖的神情，但语气并不会很沉重，会用木讷的口吻干巴巴地说吧。我心里惦记着一定要去看望他，可最终也没去成。

他住院期间举行了二科展的关西展，我去看了。不过记不清会场是在美术馆还是在百货店。

我只记得他参展的作品《初冬》。那是他住院前画的作品。那是一幅画在二十五号画布上的作品，画的是杂草中的鸟和花。这也是我在二科展上看到的他的最后一幅作品。可以说是他独具特色的花鸟画的代表作吧。

大概是在第二年正月，我去他的画室，拜访了已经出院恢复健康的他。久违地跟他聊了聊天。

聊天期间，他用左手慢慢地、笨拙地在女佣拿来的传阅板报上签字。他一直是用左手画画的，我一直以为他左手写字应该也没什么大问题，但事实上他用左手写字写得极其不灵活。这样的他,看着令人心痛,但是至少从表面上看,他看着比手术前健康多了。人也变胖了,整张脸看着都肿起来了似的。

我得知他再次住进了堺医院,是在这年的秋天。据说这次是因为已经截肢的右手臂腋下化脓。

这次住院时间很短。到了第二年二月,他出院回了自己家。他出院回家之后,过了段时间,我去他的画室拜访了他。

他看着还是很胖,但是虚弱的感觉像影子一样笼罩着他。

那会儿正好是春天。明亮的光线照进画室,房间内很亮堂,可他给人的印象却极其虚弱。

他提起了当时我在关西出版的美术杂志《翠彩》上写的文章。他也在这个杂志的同一期上写了一篇随笔。

"说得真不错,你对云坪[①]的看法。"

他说道。这是他第一次对我所写的东西发表感想,也是最后一次,在此之前和在此之后都没有过。

我写的是对这一年在大阪美术馆举办的云坪展的感想,我将最后饿死在信浓山中的奇人云坪一生的作品分为壮年期

[①]长井云坪(1833—1899),江户末期到明治时期的文人画家,擅长水墨山水画。

和晚年期两个时期来评论。我的这篇评论的主题是，比起在江户城当知名画家的壮年云坪的作品，和猿猴嬉戏最终饿死的晚年云坪的作品，才真正体现了他的特色。

那时，我感觉国枝金三的话中有一种特别的力量，不由得吃了一惊。在此之前我还从来没听他用如此热情的方式说过话。

后来我想，也许那时候他就预感到了死亡吧。虽然终于摆脱了长期以来与手臂上的病痛的搏斗，但是死亡的阴影又开始笼罩了他。

他就像随时都会饿死却还跟猿猴们一起嬉戏的云坪一样，面对着步步紧逼的死亡阴影，端坐着，凝视着盛开在杂草丛中的紫色小花。

"好好玩吧，我今天有空。"

他不停地这样说。

于是，我也很罕见地在他的画室里待了将近一个小时。一边看着他放在画室中的几幅作品，一边在房间里走来走去。

窗边放着一座雕刻，是扎德金①的《母子像》。昭和十年参展二科展的作品《雨后》，也放在房间内。那是一幅画

---

① 奥西普·扎德金（Ossip Zadkine 1890—1967），法国立体派雕刻家。二科会成员，所以在日本也有很多他的作品。

在四十号画布上的画。我每回来到他的画室都会看到这幅作品。整幅画为绿色调，整个画面画的都是杂草。

还有住院期间画的《八仙花》，画在十号画布上。这是最新的一幅画。八仙花将要凋谢时的白色花瓣和绿色叶子，叶子和叶子重叠处，用紫色渲染。这是一幅平凡朴素的画，却拥有令人百看不厌的美丽。但我还是感到其中透着某种寂寞。

"这作品不错。"

我说道。他没作声，只是一个劲儿盯着自己的这幅小品看。

那年秋天，即昭和十八年十一月，他因过度衰弱而离世。享年五十七岁。那年我基本没有拜访过他的画室。因为文艺栏版面缩小，已经不能再拜托他写稿子了。所以，我对他病情恶化之事一无所知，是在突然之间收到了他的讣告。

国枝金三遗体告别式那天，我因为工作不得不前往京都。所以没有出席告别式。

昭和十九年，在那个黑暗的年代，"国枝金三遗作展"在天王寺的美术馆举行。已经记不清是出于什么原因了，我没有在报纸上报道对此次画展的感想。应该是报纸上已经没有地方来写这些内容了吧。

近来（昭和二十八年），我久违地拜访了国枝金三的家，见到了他的遗孀。还是在位于西赈町那条废品街似的小巷子里的家。外观没有任何变化。只有二楼的画室，好像是租给了某家公司，摆放着很多办公桌，有几个人在那里办公。

我通过他的遗孀，得以短暂地进入到那间画室。扎德金的大理石雕像已经不见了，但是墙壁上还挂着两三幅似曾相识的画。

只有一幅画是我以前从未见过的。是一幅名为《牡丹》的画在八号画布上的作品。这幅作品看起来很不像国枝金三的风格，非常明亮。几朵大大的牡丹花，用色丰富明亮到令人惊讶。

"好明亮的画作。"

我说道。

"好像还没完成。"

遗孀说道。这么一说，细节的描绘似乎确实还没完成。不过，就算是完成之后，这幅作品带给人的明亮的感觉，也不会变吧。

我一想到国枝金三在最后画出了如此明亮的作品，感觉像是得到了某种安慰。

画室里有一幅作品名叫《有旃檀树的家》，那可以说是他的成名之作，在大正四年的二科展上展出过。这也是我第一次见到这幅画。已经是三十多年前的作品了。整幅画是塞尚风格的，在当时来说应该属于很清新的画风吧。以这幅作品为起点，他作为崭露头角的风景画家，发表了很多作品，在我与他相交的晚年，他尝试用油画来展现日本的花鸟画，开创了独特的画风。

我想起了在国枝家的画室，自己还曾受他委托担任大阪女子美术学校的讲师一事。那是他做完第一次手术出院之后没多久的事。我收到了来自他的一封长信。并不是信的内容有多长，而是像用竹刀写就的笨拙的大字占据了好几张信纸。

那时我知道这不是自己所长，且当时年轻的尼采研究家中岛荣治郎还没找到工作，于是我就请他替我去了。

我和中岛荣治郎一起去过国枝金三的画室。应该是为了介绍中岛荣治郎。

当时谈了些什么，我已经记不清了。但是在中岛荣治郎应征入伍之前约一年半的时间内，他每周都去女子美术学校讲几次课。在战争结束之前，他就战死了。我直到战后才从他遗孀那里得到了这个消息。

我回想起这些事，再想到如今国枝金三和中岛荣治郎都已成故人，不由得悲从中来。

"令郎没有成为画家吗？"

我向遗孀问起了他们的儿子。他们儿子当时应该是十七八岁。

"他说不想当画家。要是当了画家就没饭吃了。"

遗孀笑道。

"战后确实万事艰难。"

我说道。

"战前也一样。画很少能卖出去。给杂志报纸写稿的稿费，去学校讲课的讲课费，就是他全部的收入了。也就将将够做他自己的零花钱。"

"那你们平时靠什么生活呢？"

"靠出租房子。"

遗孀笑道。很明朗的笑容。对于认真画着变不成钱的画作的丈夫，她的爱和理解，以一种玩笑的方式蕴含在她的笑容里。

我像数年前做过好多次那样，在玄关边上的小房间里坐下来，穿上鞋子。

只是身后不再有袖着手看我穿鞋子的国枝金三了。

（昭和二十八年八月）

上村松园

我第一次见到上村松园①，大概是在昭和十五六年，当时日本美术展览会的京都展览正在京都美术馆举行。因为已经在东京看过这个展览了，所以我不用再去看展，但是在会期过半的时候，由于工作的关系，我必须要去那里打发下时间，于是就去了。

我穿过几间挤挤挨挨全是女学生的房间，来到了一间参观者稀少的安静的房间，看在那里展出的作品。

那时，我注意到有一个气质高雅的上了年纪的小个子女性，微微抬着头，也在看那些展出的作品。再看她的侧脸，我认出了这不是上村松园嘛。她用蓝色的布包着用梳子梳起的发髻，再用簪子固定。这是一种很特别的发型，别人这么梳的话可能看着都不太合适。

---

①上村松园（1875—1945），日本画画家。以画气质高雅的美人画著称。是日本历史上首位获得文化勋章的女性（1948年）。其子上村松篁亦为日本画画家，在本书中亦有提及。

她身边还有一位年轻女性。不知道是她的弟子还是她的家人。她跟年轻女性之间保持着两米左右的距离，面朝着墙壁，慢慢地挪动着脚步。她的个子比展会上的女学生们都要矮，大概只有一米四五左右。她的脚步极其安静。但是在安静之中又有一种从容不迫的感觉，就像是悠然自得地行走在会场上一般。

这第一次见到松园的印象和后面三次直接跟她接触时的印象全然不同。她的走路方式中隐含着某种傲慢或者说是某种执拗。松园此时的印象深深地印刻在了我的脑海里。艺术家原本就应当具有的那种激烈个性，在此时的松园身上稍稍展露了一二。

第二次见到松园，是在那之后过了一年左右。我去京都间之町竹屋町上段那个充满了纯粹京都风格的家拜访了松园。

我被带到了一个非常暗的房间内。房间里暗得什么都看不到，直到眼睛适应这种昏暗。墙上挂着由长尾雨山书写的"虚白"二字。檐廊前面是狭小的前院，对面走廊的尽头是一间看着像茶室的房间。

我在房间里等了大概五分钟。终于隔扇门被拉开了，松园出现在门后。毫不夸张地说，她比她画的所有美人画里的美人都要美丽，都要光彩照人。那时候她已经六十六七岁了，但是让人完全感觉不到她的年龄。我完全没有觉得这是个上了年纪的女性。

她穿着一件黄色细格子和服，系着细腰带。不知道是不是因为房间内光线昏暗的缘故，她的脸上带着几分疏离的神情。在这张疏离冷淡的脸上，嘴唇涂着淡淡的朱红色。我在那之前，在那之后都再没见过像松园这样巧妙地利用自己年纪的人。她一开口说话，遣词用语都非常郑重，但是语气却爽快得令人吃惊。说话的声音也很大。

我那会儿去拜访她是想拜托她画幅画。那时候记不清是菲律宾还是泰国的政治家要来日本访问，报社想要送他一幅松园的画，于是就派我过来了。但是我的请求三言两语就被她直接拒绝了。

"承蒙您的好意，但是我最近身体不好。"

这是她的拒绝方式。短短的话语中有着不容劝说的坚持。我自己对于这次委托也不怎么积极，所以就对这件事绝口不提，能够跟自己一直以来想要见一见的著名的老闺秀画家见面畅谈已令我十分满足。

告辞时，我在玄关穿好鞋，回头一看，松园没有走到玄关，而是在对面走廊的角落里郑重地坐着，面朝着我这边。我朝她低头告别，她也郑重地低下了头。给人的感觉非常沉静。

当时我心想送人还有这种送法呢。这种送法，你既可以认为它是真诚谦恭的，也可以认为它是把人推出门了事，但是走到大街上，我眼帘上只余下了松园静静端坐在那里的美丽模样。松园这种送人的方法，在我后面两次拜访她时也丝毫未变。

我从一开始就觉得自己跟美人画什么的扯不上关系，所以虽然世人都追捧松园的作品，但我没怎么关注过。看了之后发现还真是挺美的。意境也很好。但是我并不是她的画作的爱好者。她的作品我也不怎么看。不过自从见过她本人之后，我开始喜欢上了松园这一人物。

松园在展现自己的美丽这一点上，是非常厉害的。不管是化妆，还是仪容、言谈，都极富个人特色。不仅是我，很多见过她的人应该都有跟我一样的感觉吧。

我觉得松园的作品中最美的，当属战争时期，应该是在昭和十八或十九年，在上野的美术馆见到的捐献画作《待月》。当时，在那前后，报纸、美术杂志上经常提到《牡丹雪》《静》等画作，但我只看过《待月》。或许这些松园的作品我也见过，但是在我的记忆中只留下了《待月》这幅作品的美。

我记得那应该是在夏天。我在美术馆里，站在这幅作品前，被深深地感动了，久久不能离去。那是一种毫无理由的纯粹的美。画上画的是一个穿着浅褐色纱质和服的年轻女子，系着淡蓝色洒金腰带，凭栏等待月出的样子。纱质和服下还隐约可见美丽的红白色贴身衣服。

那是昭和十八九年的事。那时候松园身体尚健。这是我所见过的松园的代表作中的最后一幅。听说战后松园就再也不参加展览会了，只画45厘米以下的小幅作品。

在战争已经结束了八年的今天，我不知道这幅《待月》如今身处何处，是何种情形，但是很想再次欣赏一下。可能是因为那会儿正处战争期间，所以就特别容易被松园那种高雅地展现日本古代女性传统美的作品所吸引吧。但是，不管怎样，这是在那个战火纷飞的年代少有的能够真正将艺术所带来的愉悦植入人心的作品之一。

我第三次见到松园是在战后。战争结束后不久，我就想去拜访松园。于是这次拜访就像是为了见她而见她似的。我记得那次是想要为复刊的文艺专栏写一篇类似风俗时评的谈话笔记。

我在跟上次见面时一样昏暗的房间里，见到了跟上次一样穿着黄色细格子和服，挽着发髻的松园。

松园几乎不怎么说话，都是我在说。

当我问："是不是这样呢？"

她会清楚地回答是或否："确实如此"或"我并不这么认为。"

这次，松园也跟以前一样，不进玄关，端坐在对面走廊的角落里送我。

这第三次拜访之后，我就开始比较频繁地出入松园府邸。不是为了拜访松园，而是为了拜访她的儿子松篁先生。那时候创造美术（现在的创新日本画的前身）即将诞生，在京都，以松篁先生为核心，秋野不矩、泽宏靭、奥村厚一、广田多津、向井久万、菊池隆志逐渐开始崭露头角。

昭和二十二年秋天传来这样一个新闻：京都的这些年轻有为的日本画家们与东京的吉冈坚二、福田丰四郎、山本丘人等人遥相呼应，组成了新团体。当时东京文艺部的美术记者上岛君给我打电话说想要写一篇报道，让我去接触一下关西的成员。

我跟京都分社同为美术记者的北尾君一起造访了松园府邸。不是为了拜访松园，而是为了见松篁先生。

"现在公开这些的话，对我来说有些困扰，还是请不要公开吧。"

松篁先生这么说，所以我就跟他约定等可以公开的时候一定要通知我，然后我就这么放下了。

之后，我偶尔还是会出于工作需要去拜访松园府邸。但是都没有见到松园。那会儿松园好像已经移居到奈良的平城，并不在京都家中。

在多番周折之后，昭和二十三年一月下旬，创造美术诞生的新闻终于见报了。东京方面的动向由上岛君写就，关西方面的情况则由我和北尾君主笔。由于新闻已经见报，京都方面骑虎难下，很快下定决心，一周之后就组成了新的在野团体"创造美术"。由于每日新闻社相较其他报社率先报道了此事，所以我们都声援了该团体。我还写了一篇社论，阐述了这个新在野团体组建的意义。

创造美术的组建仪式，是在新宿的酒家秋田举行的。我那时也和关西方面的同人一起来到了东京，住在秋田。

上述关西方面的同人和东京方面的吉冈坚二、山本丘人、福田丰四郎、高桥周桑、加藤荣三、桥本明治等人相聚一堂，大家都意气风发。除了同人之外，还有上岛君、三彩的藤本先生以及我。

大家仅用了半天就定下了"我们期待创造出立足于世界的日本绘画"这一纲领以及其他数条规约。

我在一旁看着十几个人团团围坐在秋田的房间里，增删纲领上的语句。充满抱负的年轻艺术家们组建新团体时的那份斗志昂扬，只是旁观都令人感到如此美丽。

那是他们在编制纲领时的事。我突然发现，半倚着墙坐着的松篁先生的神情与他母亲松园有几分相似之处。于是我又想到对于儿子拒绝参加官方展览的这种叛逆行为，松园是如何看待的呢。

"令堂是怎么说的？"

我问松篁先生。我知道他在来东京的前一天还是前两天去奈良看望了松园。结果松篁先生说：

"母亲只说天冷了，别感冒。其他什么都没说。"

松园对松篁先生说的这句话给我留下了非常深刻的印象。因为那时我的眼前浮现出了第一次在京都的美术馆中遇到松园时，那个美丽的小个子老妇人悠闲自得地漫步于会场的身影。虽然我无法了解松园内心的想法，但是松园就是松园，就算有些许担忧，她还是肯定了年轻人的行为，站在远处安静地遥望着。

松园就是这样能够把激烈的情绪安静地封存于内心的人吧。那时松园给了我这样的感觉。

创造美术的组建仪式在东京举行之后，所有同人都来到了关西。在外人看来，那时候所有的同人都抱着一种大家能聚在一起多待一会儿就多待一会儿的想法。

关西的成立大会是在京都寺町四条上的餐馆"Star"举行的。我至今仍记得那时候福田丰四郎先生在席上说出"到了这个岁数才开始做这样的事，实在是……"时的神情，还有秋野不矩先生强忍呜咽的样子。

在那之后不久，我在拜访松篁先生时，碰到了从奈良回来的松园。

我跟松篁先生见面的时候，隔扇门突然开了，门后出现了松园的身影。接着，她愉快地说了一声："请多关照。"在椅子上稍微坐了一会儿，就很快去了别的房间。因为每日新闻对创造美术的活动采取的是支持的态度，所以对身为每日新闻记者的我，松园特地过来打了招呼。她的意思当然是希望多关照她的孩子松篁先生。

此时松园给我留下的印象也是处处恰到好处。没有沉溺于对自己孩子的爱，也没有对自己的孩子放任不管，她的问候是温暖且有节制的。

这是我最后一次见到松园。

松园去世是在第二年的夏天。享年七十四岁。

当得知松园去世的消息时，我的感觉与其说是一位当上了艺术院成员的著名画家离世了，更像是一位真正聪明美丽的日本女性从这个世间消失了。真正把日本古老传统的教养刻入骨髓的女性，松园应该是最后一个了吧。作为一名闺秀画家也好，作为一名活生生的女性也好，松园都是一位罕见的女性，她以无与伦比的聪慧美丽持身，虔诚且自由地走过了自己独特的道路。

比起松园被世人追捧为名作的任何一幅作品，我一直觉得松园本人更美，对松园这个人本身更感兴趣。在她去世之后，举办了一场松园遗作展。走在会场上，同行的一个人对松园的作品赞不绝口，我对他说："松园本人比她的画更美。"我是真的这么认为的。

我听松篁先生说最近在奈良平城的家中发现了一小捆剪报，松园好像把关于创造美术的新闻报道都剪了下来。

"母亲她还是很担心吧。"

松篁先生回忆起创造美术组建时的情形说道。而且对此深信不疑。此时我再次感觉到松篁先生和他母亲的相似之处。之前我从未曾这么觉得，但是那时我忽然感觉到，松园的美或许就在她身上的那种确信不疑吧。

（昭和二十八年十月）

观坂本繁二郎追悼展

我一直都觉得，要了解一位美术家的成就如何，再没有比回顾展、遗作展更好的机会了。美术家一生的作品，从初期到晚年，全都陈列一堂。此次观坂本繁二郎[①]追悼展，令我更加深刻地了解了坂本先生是留下了如许作品的画家。

在此之前，关于这位著名画家，我所知道的，当然就是世间对于他画的马好评如潮。坂本繁二郎这个名字总是与"名作"联系在一起的。除此之外，还时常听到一些带着些许神话色彩的传闻，诸如坂本先生作为一名画家孤洁高傲的生活方式、全身心投入工作的努力等等。

我很少有机会接触到坂本先生的作品。就去年看回顾展的时候在展厅匆匆转了一圈，此外就是偶尔能在画廊看到一两幅。这次看追悼展之前，我读了先生的著作《我的画我的

[①] 坂本繁二郎(1882—1969)，日本西洋画画家。自幼擅长绘画，有"神童"之名。1921年赴法国留学，师从后印象派画家查尔斯·吉兰。战后与梅原龙三郎、安井曾太郎并称为日本西式绘画三巨匠。

心》。即使是作为从事文学工作的人，也能从此书中获益良多，书写得非常有趣，也很能打动人心。

在遗作展上，我感触最深的是，画家的创作从初期到晚年都不会有太大的变化，总是专注于同一条道路前进的。对于坂本先生来说也是如此，在他身上这一点尤为突出。站在创作于一九一二年（大正元年）的《薄日》等作品前，我们能感受到，先生自那以后六十年间所坚持走过的道路在那时就已经确定下来了。这简直令人感到可怕。这一点不仅限于画家，文学家亦是如此。人们都说文学家是在创作处女作的过程中走向成熟的，我觉得坂本先生的创作也是如此。技术上的问题我不太懂，但是独特的颜色偏好、整个画面的氛围、观照对象的方法、观赏自然的方式这些先生终生未变的独特的东西，都能从这个作品中反映出来。这幅作品中已经描绘出了若有所思的牛。

先生的绘画题材绝不能算多。初期作品中还可以看到人物画、风景画等，中期以后除了山、马之外，多为蔬菜、水果、能乐面具等静物，晚年则逐渐集中于创作有关月亮的作品。

从这些作品前面一一走过，我能感受到从中期到晚年先生的绘画意境在逐渐发生着变化，但是每个时期都达到了很高的完成度，每个时期的画作都非常出色。

读先生的《我的画我的心》时,经常会读到"物感"这个词。我想指的应该是存在感吧。这并不仅仅是指物体实际存在的感觉,而是各个物体作为一种生命存在的感觉,先生称之为"物感"。先生在对物感的把握中体会着艺术的永恒性。

对于先生来说,瓦片是活的,在强调自己的存在,能乐面具、剪刀、大鼓、盆栽等等也都是活着的,强调着自己的存在。先生听到了它们的声音,所以他画了瓦片、能乐面具、剪刀、大鼓、盆栽。原本就是活物的牛马自不必说。它们不仅仅是作为活物存在着,而且还拥有自己的生活。在众多画马的作品中,先生似乎是在与马进行对话。马与先生聊天、思考,向先生倾诉。先生画笔下的那一匹匹马是何其地和善、谦恭、若有所思啊。

先生晚年画笔下的热闹,我觉得特别美。一九六五年(昭和四十年)的《云上之月》、一九六六年的《月》这两幅作品、一九六七年的《马市行》《月》《放牧场》等展现了八十多岁的老画家所达到的境界。我没有想出合适的词,就姑且使用了热闹这个词,或许也可以说是幽玄。但是又没有幽玄这个词的词义中的冰冷和黑暗。能乐面具是热闹的,马是热闹的,连月亮也是热闹的。飞奔向马市的马有着无与伦比的美。美得仿佛是要出嫁的新娘一般。

我很想了解一下先生晚年的生活以及他在画室中创作的情形。因为那是一位认真非凡的画家心无旁骛地努力之后所到达的世界。每一幅作品都温暖地喧闹着，可是又那么地安静。

纵观先生漫长一生所留下的作品，最后的感受是，先生的画作不是为了取悦他人，而是为自己而画的。这对于画家来说，或许是理所当然之事，但并非是谁都可以做到的吧。而先生却能够完美地做到这一点。先生不为取悦他人而创作，最终在月亮的热闹中达到了悠游自在的境界。先生的收尾之作，即他作为画家的休止符，只可用完美一词来概括。

（昭和四十五年三月）

须田国太郎的世界

须田国太郎从昭和七年开始作为京都大学文学部的讲师讲授西方美术史，我当时是京都大学的学生，在那一年或是在第二年曾经去听过一两次先生的课。之所以去听先生的讲座，是因为听说先生想以画家立身，所以想去看看究竟是怎样的人物。那是我第一次见到先生。先生无论长相还是人品都很稳重，看着并不像是一名画家，而是一位笃实的学者。

与先生亲切交谈则要到昭和十三四年，我当了报社记者之后。那时候先生已经是独立美术协会的会员，已是画坛上不可忽视的存在。那时，先生在庆祝纪元二千六百年展览上展出的作品《行走的凶鹫》正广受好评。

先生在昭和三十六年去世，享年七十岁，他的画家生涯绝不能算长。他进入画坛时已是四十多岁，专注于绘画创作的时间只有不到三十年。

但是，先生从一开始就拥有自己的特色，具有独特的绘画意境，因此，从先生绘画创作的成就来说，这三十年时光并不算太短。先生不需要做太大变化，也无须追求新的绘画境界。先生只需沿着自己的道路前进即可。先生对此心知肚明。从这个意义上来说，先生可谓是一位罕见的画家。这一点应该与他年轻时在马德里等欧洲城市游学四年，学习近代绘画的收获不无关系。在回国时，除了大量的临摹作品，先生还同时带回了一种不为任何事物动摇内心的见识和自信。

关于先生的作品，一般的评价说是具有东方色彩，深具宗教意境，或是具有文学色彩。人们认为这是先生的画作独有的特点，但另一方面，不可否定的是，也有人认为这一特点使得先生的画作在绘画界总是处于非主流的地位。

这一评价在今天已经有了很大的变化，但是说实在的，这种评价的变化是在先生逝世之后才出现的。并没有人专门提出了这样的主张，而是自然而然就有了这样的变化。如果一定要说有谁提出了这样的主张，那只能是先生的作品本身。是作品本身令评价发生了变化。

当我站在先生的作品前时，总能够感受到须田国太郎的世界。作品中所表现出来的沉重、阴暗，都令我喜欢。因为这是先生的沉重，是先生的阴暗。先生既画风景，也画建筑。既画花，也画鸬鹚、鹫、龟、犬等各种动物。绘画的对象多种多样。但是我从来不会觉得先生所画的对象太过繁杂。我在其中感受到的只是须田国太郎的世界。不管是画蔷薇，还是画学校的仓库，或是村落，都只能从中感受到须田国太郎，感受到须田国太郎的世界。因为先生观照事物的方法是独特的。作为一名画家，先生由始至终都以他独特的眼光去观照事物，观照对象也在先生独特的观照前折服。

我们应当去看看须田国太郎。触摸到须田国太郎之后，满意而归。阴暗的画面上一个秤砣沉重地、静静地坠入深海，我们被这样的画面感动着，然后乘兴而归。除此之外，无需再求。但是，不同的人或许会有不同的感受，有人会认为这是充满文学性的，是冥想式的，是充满宗教色彩的，又或者会认为这是独具东方特色的。或许还有人会感受到光线明暗变化之美、色彩中静静的韵律、色彩与光线的交错。我想须田国太郎的作品不会拒绝任何一种欣赏方式。正如所有优秀的艺术作品皆是如此，先生的作品也是自由的、宽容的。

（昭和五十三年一月）

冈仓天心

读冈仓天心①《茶之书》时的感动，我至今难忘。那时我是京都一所大学的学生，算来已是将近二十年前的事了。

"茶最初是作为一种药物，后来逐渐演变成为一种饮料。八世纪时，茶在中国作为一种有仪轨的娱乐，进入到了诗歌领域。十五世纪，日本将其发展成为一种审美宗教——茶道。茶道是一种基于对日常庸俗生活中的美的礼赞的仪式。它教导纯粹与和谐、彼此慈爱的神秘、社会秩序中的浪漫主义。它欲使我们在人生的不可知当中成就一种可能，正是出于这样一种温柔的意图，因此它本质上是一种对'不完美'的崇拜。"

毫无疑问，这是《茶之书》开头的一小节。第一次读到这段文字时的感动，是我年轻时诸多回忆中最为鲜活的一

---

①冈仓天心（1863—1913），近代日本著名的思想家、艺术史家、艺术评论家。20世纪初以英文创作的《东方的理想》（1903）、《日本的觉醒》（1904）、《茶之书》（1906）三书，面向西方读者介绍东方文化，对于东方文化在西方的传播起到了举足轻重的作用。

幕。再没有哪一本书能像这本书那样，得到年轻人求知欲的认可，明快而富有逻辑地介绍了茶道。

学生时代在这本《茶之书》的刺激下，我不停地阅读天心的著作。但是哪一本都没有带给我如第一次读《茶之书》时那般的感动。《茶之书》在天心的著作中占有何种地位，这姑且不论，单就对年轻时的我的吸引力而言，《茶之书》一卷确实是首屈一指的。

此后，不同的出版社出版了好几种冈仓天心全集，"亚洲是一体的"这句话被到处滥用，战争时期，天心被视为时代的先觉，他的名字在这个国家被不断提及，但即使是在这个时候，对我来说，冈仓天心这个名字带给我的印象一直都是鲜活的。他是《茶之书》的作者，是一位头脑清晰的文明批评家。

《茶之书》于明治三十九年五月出版于纽约，同年十二月，天心移居于茨城县五浦海岸。横山大观、下村观山、菱田春草、木村武山等日本美术院的画家们也都追随天心移居该地。自此以后到去世为止，天心晚年的七八年时间都是在这个常陆的海岸边度过的。因此五浦海岸这片土地，从青年时期开始，就成了我特别关心的地方。

《茶之书》的作者为什么会移居到偏僻的茨城县海岸边呢？从地图上看，这个地方离茨城、福岛两县的交界处很近，海岸线也没有什么蜿蜒曲折，只能说是一片极为平凡的海岸。但是天心却定居在了这里，或许这里是有什么特殊的地理环境、特别的风光吧。我不止一次想过要是有机会去五浦的话，一定要去一次。

此后，我在大阪当报社记者，有段时间兴起了想要书写明治日本画坛史的想法，到处寻找明治时代日本画的代表作去看。日本美术院那时和天心一起转移到了五浦海岸，在那里度过了六年时光。此时，从另一个意义上，我想自己无论如何必须要去趟五浦海岸。

但是，在夹杂着黑暗的战争时期的漫长岁月中，别说是五浦了，我连茨城县都没去过。今年（昭和二十八年）三月末，因为《艺术新潮》的工作，我意外地有了前往五浦海岸的机会，从遥远的青年时代开始一直盼望着的事，出乎意料地实现了。

现在，我对天心的看法也自然而然地跟青年时代有了不同。再翻看《茶之书》一卷时，那份鲜活依旧未变，但是其中似乎又夹杂着我自己青春时代的心灵碎片。这就像是回顾自己年轻时候突然触碰到的那种鲜活。

从上野坐上前往青森的快车，在日立换乘普通列车，然后在一个名叫大津港的车站下车。五浦距离这个大津港大约四公里。幸好车站前有一辆出租车，坐车十五分钟左右，就到了五浦。从上野出发花了不到四个小时。

我在冈仓天心的旧居前下了车。天心的女儿——71岁的未亡人米山高丽子现在独自居住在这里。

冈仓旧居已是非常破败了。穿过在中国北部或中部常见的那种左右两边都是土墙的门，院子有一部分已经变成了旱田，和突然扑鼻而来的潮水的气味一起，充满了荒废的气息。在战争时期应该不会有这样的事吧，世人对于这座宅邸的关注也难免受到反复无常的时代风波的影响。

宅邸位于海岸边从水边升起的丘陵斜坡上，进门之后，庭院就是非常陡峭的斜坡。建造主屋的地方要低一些，只有那块地平整过，是平坦的地基。地基上种着很多松树，靠海那一侧的周围是悬崖，直落海中。

五浦这个名称源于这片海岸拥有五个小小的海湾，冈仓宅邸就建在其中两个小小的海湾中间海角状的地面上。

宅邸内部也极为破败。作为天心遗迹，屋内到处都摆放着说明用的告示牌，但是其中很多现在都已经倒下了。战争时期，前来参观访问的人应该很多吧，世人对这个遗迹的关注程度也很高，现在却相反，无人问津了。

但是，《茶之书》的作者对此一无所知。那是一个尽情实现自己梦想，尽力主张自己信念的人。他移居到五浦，大概也是因为这一带多岩礁的海岸风景正好契合了第一次站在此处时天心的心血来潮吧。

站在冈仓宅邸的庭院中看到的五浦海面,说美或许也算是美的吧,但也没什么特别之处。说风光明媚,还有其他远胜于此的地方,说豪迈,不用特地选此处,在东京附近就应该有好几处候选地。

但是,就算站在屋内的角落里,波涛声依旧不绝于耳,海风刮过松梢的声音,也带着一种骇人的气势。这里不是观赏的场所,而是冥想的场所。

至少这片海岸并不具备我们日本人所认为的日本式的胜景。很难将此处与他所怀抱的美的理想相结合。但是,在这里,《茶之书》的作者形成了很多创作构想,他以此处为根据地,频繁往来于日美之间。如此一想,这五浦海岸,无论是这里的岩礁,还是拍打岩礁的海浪,抑或是猛烈的海风,都与精力旺盛的行动派冈仓天心的形象无比契合。

五浦一带的海岸,水边与悬崖之间几乎没有沙滩。只有冈仓宅邸下方有些许怪石嶙峋的海滩,其他的都是海浪直接拍打到悬崖脚下。哪里都没有看到可以散步的海滩。要散步就只能在矗立于水边的丘陵上,那里是完全看不到海面的农村风景。耕地一直延伸到丘陵的尾端。所以,从哪里都没法走到海边。

与米山高丽子老夫人见了面。不愧是父女，在天心全集以及关于天心的书籍的扉页照片上见过很多次的天心的风貌，在这位老妇人身上也清晰可见。

米山夫人肤色白皙，年轻时面颊应该很丰盈吧，眼睛长得很有特点。特别是她的侧脸，跟照片上天心的侧脸非常相似。我看到那张天心担任美术学校校长时期骑马的照片、穿着道士服的照片、以及下村观山的《天心先生像》时，总觉得那厚重的眼皮有着某种莫名的东西，当我把它与米山老夫人的眼睛重叠在一起时，才终于恍然大悟。冈仓天心的眼睛中有着某种令被看的人不敢动弹的力量吧。在见到米山老夫人时，我很快察觉到了这一点。

果然，米山老夫人说：

"父亲他并不严厉，但总是令人生畏。并不是因为我是女儿，所以才有这样的感觉，父亲身上确实有着某种令人不敢冒犯之处。他的眼睛很可怕。我的眼睛跟父亲的很像。都长得很可怕。"

接着，她又笑着说，很可怕吧，我的眼睛！

米山老夫人怎么看都不像是七十一岁的老妇人。她身上全无衰老的痕迹，说话的声音也很年轻，声音清澈高亮，那双富有特点的眼睛不时地闪烁着光芒，自在地聊着。两只猫和刚出生没多久的小猫不停地在桌子上榻榻米上跑来跑去。

在米山老夫人的安排下，请来了曾经侍奉过天心的两位七十多岁的老人——千代次女士和庄兵先生。听说他们曾近身侍奉天心，所以要了解五浦时代天心的日常生活，他们应该是最合适的人。两人当中，千代次女士所说的关于天心的往事，我似乎在什么地方读到过。

"天心先生是一位了不起的人物。"

无论说什么，千代次女士都绝不会忘记这句开场白。她衷心地敬慕着已故的旧主，一说起天心，就滔滔不绝。

先生尝试制冰，种山荞菜，在厨房灌香肠。一般我都会在一旁帮忙，但是都没做成功。他去一个叫中妻的村落，从当地的大户那里买了五六条鲤鱼，专门挖了个池子来养。结果因为发大水，鲤鱼一夜之间都被冲走了。

耳朵不大方便的庄兵先生把他年轻时应该非常魁梧的身体几乎要弯成两截了，努力地想要听清楚千代次女士的话。他闭着眼睛，只有耳朵朝着千代次女士的方向。

当稍微听到一点说话的内容，他脸上就会露出一种无法言说的柔和神情，不时地附和着，或是纠正错误，或是加入到话题中。

当千代次女士的话快要说完时，他还是闭着眼睛，静静地说了一句：

"是位很了不起的人物。"

米山老夫人和两位忠仆似乎忘了是在讲给我听，他们三人自顾自地热火朝天地聊着那个时候如何如何，这个时候如何如何。我在一旁看着他们，令我感兴趣的与其说是通过他们的讲述了解了冈仓天心在五浦的日常生活，倒不如说是三位老人至今仍在心中供奉着一盏名叫天心的灯这一点。

作为天心的女儿，米山老夫人不知不觉间似乎回到了四十多年前，动作和话语都变得朝气蓬勃起来。

"我去给父亲、母亲和我家先生上点点心吧。今天是我的生日。"

说着，她朝壁龛方向走去。

听说庄兵先生是特地从将近四公里外的平泻步行过来的，他说的几乎都是关于钓鱼的事。千代次女士在钓鱼方面是外行，但庄兵先生是地道的渔民，曾经陪着天心钓鱼的总是他。

"啊，真舒服，在琉璃一样广阔无边的蓝色榻榻米上钓鱼，真是开心啊。先生几乎每天早上都会在船上这样说。"

琉璃一词从庄兵先生口中说出时，感觉非常奇怪。

"海鲢、海鲈鱼、鲷鱼、比目鱼，我什么鱼都钓。最后连松鱼都钓。我几乎每天早上都会在凌晨两三点钟从平泻起航，然后把船停在这所房子下面的岸边。早饭也总是在船上吃。不管风浪多大,先生也从不说回去吧。不过,先生不会游泳。'我做学问太忙了,没时间游泳。'我记得先生什么时候说过这话。"

有好几次,我都觉得庄兵先生会不会说着说着就要哭了。他闭着眼睛说话,但又不时地皱起眉头。而且,他似乎很担心我听不懂他说的话,有时说着说着声音就忽然变大了。

"先生是位了不起的人物,所以身上也有很多跟一般人不一样的地方。真是说也说不完。"

接下来是千代次说。

"虽然是船上吃的便当,但总要准备七八种菜色,总会有肉馅、煎蛋、小鱼这些东西。但是吃的时候又只吃两口,剩下都进了庄兵的肚子。"

听到这里,庄兵先生笑了起来。

"前一天晚上为钓鱼做准备的是千代次。"

"是的,每天晚上先生都要喝两合酒。他喝酒的时候,我就在一边准备钓鱼的工具。"

"钓鱼的时候,先生最喜欢钓鲷鱼。因为钓鲷鱼的时候鱼线要很长。最后先生连钓钩都自己做了。"

"是的是的,父亲钓鱼回来时总是说,高丽子,小鱼说这是个好男儿,所以就自己上钩啦。"

米山老夫人这样回忆着四十多年前的事。

我呆呆地看着天心身边的人们聊天，他们三人之间不知什么时候形成了一种奇怪的和谐热闹的氛围。这令我感到有些奇怪。米山老夫人是天心的女儿姑且不论，那两位老仆从天心去世之后直到今天似乎也都是靠着对天心的回忆活着的。如果把天心从他们的生活中去掉的话，他们还剩下什么呢。

和战争时期对天心的崇拜不同，战后访问天心故居的人很少，不管是千代次女士，还是庄兵先生，都会感到相当失落吧。今天应该是他们好不容易才有的谈论旧主的机会吧。

大津港距离五浦海岸大约有四公里。当时，天心总是从车站乘坐人力车，坐到半路，再徒步翻过丘陵。

据说当时的县知事提议可以为他开条路，但是天心拒绝了。

"我想是因为父亲不想见那么多人。"

米山老夫人这样解释道。我想天心应该就是出于这样的考虑吧。他之所以定居在五浦海岸，应该就是为了读书和思考。

读书、思考、钓鱼——这些似乎就是生活在五浦时期天心的生活。定居五浦时期，他几乎每年都会前往美国。

在移居到五浦的第二年，也就是明治四十年的十一月，他前往美国，之后从美国前往欧洲游历，直到第二年六月。

明治四十三年九月，他乘坐佐渡丸再次赴美，第二年一月前往欧洲，游览了巴黎、伦敦，八月份经由美国回国。

第二年，即大正元年八月，他再一次从印度出发，途经欧洲，前往美国，并且在美国一直停留到大正二年四月。同年九月天心逝世于赤仓山庄，所以他的五浦时代大部分时间都是在旅欧旅美中度过的。他逝世时，享年五十一岁。

除此之外，在国内时，他当然也频繁前往东京，所以五浦完完全全是他休养和思考的场所。千代次女士和庄兵先生以及大海是他真正的朋友。

"阿婆，请过来一下。"

在米山老夫人的呼唤下，厨房方向走来另一位老妇人。端正的脸上带着一种姑娘似的稚气。

"这位是菊池幽芳的小说《月魄》中矶卫门这一人物的原型家的姑娘。说是姑娘，今年也已经七十六岁了——。幽芳先生也来过一次五浦。那都是五十年前的事了。"

这位颇有来历的婆婆也加入了聊天。这位老婆婆对米山老夫人的态度极其殷勤，提到天心相关的事情时，当年月记不清楚的时候，米山老夫人就会朝那位老妇人转过头去，问道：

"阿婆，你还记得吗？"

"是×年×月的事吧。"

她的记忆力令人惊讶。她的言行举止暗示着她仿佛也一下子回到了还在侍奉冈仓家的遥远过去。

我带着几分恍惚,看着四位年过七十的老人各自在脑海中唤醒一段段过往,把各自的记忆中的故事像小石块一样一个个排列出来。有一种很久以前玩家庭配对游戏时的美好、有趣和虚幻。

最后,耳背的庄兵先生讲了一个与天心本人无关的故事,结束了此次在冈仓宅邸的会谈。

"很久以前,有一艘大船卷起三十五反①的船帆开到这里,船上装满了人偶。结果在五浦海面上遇到了狂风暴雨。这艘装满人偶的船当然就沉没了。可怜的是船上的那些人偶。被海浪打到岸边,变成了五浦岸边的石头。不可思议的是,现在只有这座房子下面的石头,全都是人偶的形状。听说把这些石头带回家的话就会得病,所以无论是谁捡到了,都会把它送回岸边。"

这当然只是一个传说,但从庄兵先生嘴里说出来时,却带着一种奇特的真实感。

我住在跟冈仓宅邸隔了一个小海湾的旅馆。和东京相

---

① 日本的布料面积单位。长10.6米,宽34厘米为1反。

比，这里要冷得多，檐廊上的玻璃窗被风刮得不停地嘎达作响。虽然是三月末了，但还是需要用被炉取暖。旅馆的厢房，据说以前是下村观山的工作室，旅店里还收藏着好几幅观山的画，不过我没看到。

第二天，千代次女士带我看了五浦得名的五个海湾。那都是一些不知道该称作海湾还是入海口的小湾，只用二十分钟左右就可以全部转完。我站在呈悬崖状的丘陵上看着这些海湾，每个海湾的岩礁间都可以看到正在捞杂藻的孩子们。孩子中间还不时可见采集羊栖菜、裙带菜的女人的身影。

我还去了一个据说有日本美术院建筑的丘陵。现在那里已经是耕地了，已经完全想象不出这里曾经有过建成平房的研究所。

但是，在面向大海而建的三十五叠的大房间里，曾经诞生了许多大作。就我所知的作品，就有观山的《大原幸御》、春草的《贤首菩萨》、大观的《流灯》等等。除此之外，还有好几幅当时的代表作也是在这里诞生的，或者是在这里构思的。

看完五个海湾之后，我又沿着冈仓宅邸旁悬崖上的小路来到海岸边，捡了几个昨天庄兵先生所说的原来是人偶的石头。果然发现了好几块由几个小石头粘在一起形成的石头。

为了不生病，我又把它们放回了原处。

风依旧很冷。听千代次女士说，因为洋流的关系，五浦的春天很冷。

"靠近山的那边，要暖和得多。"

千代次女士这样说道。虽然并不是为了前往暖和的地方，不过为了前往离此地八公里左右的福岛县勿来关，我还是坐上了出租车。

透过出租车窗，可以看到在千代次女士家门口整洁的向阳处，千代次女士和庄兵先生两人沐浴着早春的阳光，互相点着头说着什么。我总觉得他们说的应该还是关于天心的事。

（昭和二十八年五月）

关于冈鹿之助的《帆船》

我喜欢冈鹿之助①先生的作品。我还认真思考过能否在文学上进行他这样的创作。这当然是做不到的，也不可能做得到。但我认为自己的处女作《猎枪》等作品中，有来自先生作品的影响。

先生在今年的春阳会上展出的三幅作品《观测所》《帆船》《灯台》果然也不负众望，非常出色。我觉得那是整个会场上最出色的作品。先生独特的手法，或是画面所呈现出的独有的氛围之美，已不用我多说了，所以在这里不再赘言。在三幅作品当中，我最喜欢的是《帆船》，而且我觉得它也应该是作品当中最好的一幅了吧。其他两幅作品中都能感受到先生一直以来的情感，但是《帆船》中所呈现出的先生则有所不同。这种不同令我一开始站在这个作品前时有一种困惑，但是看着看着，就觉得这应该是三幅作品中最好的

---

①冈鹿之助（1898—1978），日本西洋画画家。擅长安静且充满幻想的风景画。

一幅。

左边是南方植物的盆栽，右边是窗帘，中间越过庭院的角落可以看到白天的湖面（或是海湾？）。湖面上三艘帆船等间距排列，湖畔有像小小的宝石箱似的建筑。屋顶有尖塔和烟囱。庭院有一半绿草茵茵，另一半是沙子。——此处略微偏鲜艳的颜色是植物的叶子。

不可思议的安稳。美好的懒洋洋。昏昏欲睡的午后之美。怎么能有人把这种懒洋洋的感觉画得如此之美呢。那个住在宝石箱般的房子里的人就是冈先生自己。在有古怪尖塔的屋顶上点灯、眺望，时而测下风速的，也是冈先生自己。

但是，在这幅如童话般梦幻的作品中流淌的时间以及所描绘的空间，并非童话，也非梦幻。那是作者这一在现实世界中最冷静觉悟的人所谱写的一首纯粹的诗歌。《灯台》《观测所》两幅画中流淌的是先生近来的作品中所共有的微暗的宁静。而《帆船》却非如此。这幅作品又回到了数年前的工艺性构图，但是其中所展现的并非是那一时期作品中的某种冷峻的严厉，而是更为安稳更为复杂的东西。

——以上是我作为一介门外汉的姑妄之言。

(昭和二十六年)

#　《湖畔》的女性

有两个女性，我每次想起来都想把她们写进我的小说里。一个是黑田清辉①的《湖畔》中所画的女性，另一个是德加的《少女像》中的少女。要是以这两人作为小说的主人公来创作的话，该是多么有趣啊，但是我也就是想想，并没有自信能够写好。《湖畔》是黑田清辉的代表作，经常出现在美术书籍和杂志的卷首。手持团扇在湖边乘凉的中年女性像，大家都很熟悉，而《少女像》属于德加的早期作品，收藏在卢浮宫，还说不上是广为人知。

我为什么想把《湖畔》中的女性写进小说里呢？那是因为这位女性身上有一种小说的主人公常见的冲劲。眼梢嘴角都显示出她的意志之强，感觉一旦犯错的话，就会被她呵斥"真麻烦"。但是这一切都被包含在中年女性的雍容当中。那

---

①黑田清辉(1866—1924)，日本西洋画画家、政治家。1893年赴法留学学习法律，但中途改学绘画，师从象征主义画家拉斐尔·科林。其所画裸体画在当时的日本社会引起了轩然大波。本书中提到的《湖畔》是其以夫人为模特所画的素描作品。

是一位非常美丽的女性。

画面上这位女性是在湖边乘凉，但是到湖边乘凉之前她做了什么呢，乘完凉之后她又会迈着怎样的步子朝何处而去呢，她会与谁交谈，会谈论些什么。这幅画上的女性会令观赏者自由地想象这些。

德加的《少女像》中的少女也是如此。她看起来有些傲慢，有些得理不饶人，但是又有着这一时期的少女独有的清纯与某种稚气。这名少女背后的生活吸引着作为小说家的我。她是在怎样的桌子旁读着怎样的书，她是怎么喝汤，怎么笑的，她理想的恋人是怎样的。这种种问题都溢出画面，浮现在我心头。也就是说，少女已经完全脱离了画面，自由行动了。

《湖畔》中的女性也好，《少女像》中的少女也好，都是画家笔下的人物，但即使是真实存在的活生生的女性，有魅力的人，必定能令见到她的人真实地感受到她的生活。换句话说，她的内在会从内而外地支撑起她的表情。

（昭和四十一年八月）

广重的世界

说到浮世绘风景画，谁都会最先想到北斋和广重①二人。北斋是住在本所割下水的幕府制镜师的儿子，而广重则出生在八重洲河岸边的一位灭火队员家。这令我颇感兴趣。制镜师是制作镜子的工人，而灭火队员是负责江户城的消防工作的下级官员。

年轻时，我曾比较他们的作品，思考他们的绘画风格，觉得他俩的出生环境应该换一换才对。广重应该是制镜师的儿子，而北斋应该是灭火队员的儿子，那样才更自然。

这两位浮世绘画家的作品是很有对照性的。两人都非常大胆地对描绘的自然进行分解再重构，但是北斋的重构方式是动态的，而广重则是静态的。北斋的画具有浓烈的主观色彩，他笔下的富士山会无边无际地延伸，波浪会怪异地扭

---

①歌川广重（1797—1858），日本江户时期的浮世绘画家。其浮世绘构图大胆、善用透视法，色彩上多用蓝色、青色等，对西方印象派画家，如梵高、莫奈等产生过较大影响。

曲，人物也总是扭着身子做出夸张的动作。而广重总是客观地看待对象，尽量压抑自己的主观，而侧重于描画自然本身。北斋是一位野心勃勃的观察者，而广重则是一位虔诚的观赏者。从这一点出发，我觉得应该把北斋和广重的出生环境对换一下。

但是，现在再来看北斋和广重的作品，我开始理解他们各自的出生环境，果然北斋才是制镜师的儿子，而广重才是灭火队员的儿子。

关注流淌在作品中的内容，广重更接近平民的生活。不管画的是多小的家，都能在其中看到生活，不管画的是多小的点景人物，都能从中感受到人生。而北斋则全然不同。不管是家还是人物，对于北斋来说，都不过是构成自己想要表达的美的一个要素。他所画的民居也好，人物也好，都不是点景。其中是否有生活有人生，北斋全不在意。从作品中不自觉地表现出平民的生活感情这一点来看，广重还是完完全全地受到了他的出生环境的影响。像灭火队员这样底层官员家庭，比起幕府制镜师这样有一定地位的家庭来说，应该更能触及到江户的、平民的生活感情吧。生于斯，长于斯，在二十六七岁前一直继承着父亲职位的广重一画人物则必能窥见其生活，一画民房则必会在其中点上生活之灯吧。

广重的成名之作是天保五年在他三十八岁时付梓的保永堂版《东海道五十三次》。在此之前，广重寂寂无名，画一些彩色版画的原作画或是为小说画些插图，凭借《东海道五十三次》，他一跃成为浮世绘界的风景画家，奠定了自己牢固的地位。广重六十二岁去世，在画坛活跃了二十四年左右。在这期间他留下了数量众多的作品，如好几种画东海道的作品、江户名胜、金泽八景、京都名胜、浪花名胜以及六十余州名胜图七十张、木曾海道六十九次等。

作为高产画家的通病，他的作品中也并非没有劣作，但是也有很多像《东海道五十三次》《江户近郊八景》《近江八景》这样的佳作。

广重作品的第一个特点是很有情趣。无论什么作品都注重抒情。笔触细腻，色彩非常稳定，能给人留下深刻印象。这就是广重被称作色彩和线条的诗人的原因。广重的佳作中有很多是画雨景的，这对于思考广重的自然观照是一个非常有意思的问题。

广重作品的第二个特点是在自然与人事的关联中捕捉风景。广重一定认为没有人的自然是无法想象的。他的画笔下，不管是什么样的风景画，都必然会有人的气息，能让人感受到生活的呼吸。但是，他画中虽有人，但并不侧重画人的情色。人和房屋都不过是自然点景之一，他的作品依旧保持了风景画的纯粹。人和房子作为风景的点景之一，却能流露出生活的气息，细想想，这是很难做到的。

从上述两个特点来看，可以说日本的风景到了广重笔下才真正得到描绘。他利用版画的特点，用他独特的色彩和线条，使得日本的风景第一次以其原本的姿态被所有日本人接受。当时的江户市民狂热追捧广重的作品也属题中应有之义。

（昭和三十二年九月）

美女与龙

《华严缘起绘卷》中最令我印象深刻的是义湘绘卷第二卷到第三卷中所画的美女妙善投水化身为龙的场景。这是义湘绘卷中所讲述的故事的高潮，也是结尾。

《华严缘起绘卷》由以义湘为主人公的义湘大师绘卷和以元晓为主人公的元晓大师绘卷构成，均根据《宋高僧传》中所收录的两位大师的传记创作而成，这一点已无需我在此处赘言了。日本画师以绘卷的形式介绍了异国新罗两位高僧的事迹，但是关于其制作者、画师、题词的书写者、两部分绘卷之间的关系等很多其他问题，以及绘卷所讲述内容，因为关乎深奥的佛教教义，所以身为小说家的我并没有置喙的余地。我也只是通过专家的研究了解了这一绘卷的具体内容。但是，这些复杂的问题姑且不论，只要我们展开绘卷，就会发现这一绘卷实在是非常有意思。两位大师的事迹只是粗略展开，特别是义湘绘卷中故事占据了主要部分，可以令观赏者充分领略到绘卷原有的趣味。

义湘绘卷的后半部分讲述的是美女妙善和义湘的恋爱故事。说是恋爱故事，其实陷入恋爱的是妙善，义湘因为已经献身于佛法，所以无法回应妙善的感情。所以妙善是单相思，而且她爱上的是一个不该爱的人，但是我们并不能因此而责怪于她。她并没有做什么恶事。被异性吸引是人类的本性，在妙善身上这一点表现得尤为纯净无垢。

那么妙善该怎么办呢？这个故事的主题就是想要针对这个问题给出解决的方法。这也是故事的核心所在。

虽然我说这是个恋爱故事，但是原本收录在《宋高僧传》"新罗国义湘传"中的记述是极其简略的，完全看不出故事性。有一位美女名叫妙善，欲引诱义湘，而义湘心如铁石，不为所动。于是美女顿发道心，许下大愿，愿生生世世归命和尚。义湘传只在开头处有这样简短的记述。

此后两人经历了怎样的岁月，这一点并无记述。故事一下子跳到了义湘习得佛法准备回国之时。妙善拿着装有法服什器的箱子，赶到港口准备送别归国的义湘。但是她赶到时义湘的船已经离开了港口。于是妙善许愿道我本实心供养法师，愿此箱送达前船，将箱子投入海中。于是瞬间起大风，箱子在波涛上轻松地跳跃着进入了船中。于是妙善进一步发下大誓愿，愿化身为龙，扶翼舳舻，而后投身入海。至诚感神，妙善的身体化身为龙，钻入船下，背着船，将义湘平安送达新罗国。这就是故事的结尾。

只是读这样的记述的话，并不会有太大的感动。不过是参照寺庙或高僧的缘起故事的类型而编出来的"罕见的"故事罢了。

《华严缘起绘卷》中的义湘绘卷虽然只是把这个故事原封不动地画成了绘卷，但是当我们打开绘卷时，感受到的却是截然不同的东西。美女妙善的单相思的结局，换言之，这段毫无出路的恋爱的结束，带着一种鲜明的、震撼人心的激烈。

毫无疑问，妙善的单相思的结束带着佛教上的意义，但是这些姑且不论，作为一个恋爱故事的结尾，它带着一种足以令人接受、感动的力量。不管画师是谁，这一绘卷都是一件出色的艺术作品。汹涌的波涛，漂浮在波涛之间的美女那美丽又满足的遗容，以及背负着义湘乘坐的大船前进的大龙那威风凛凛却又温柔无限的神情。

这一绘卷未必是在赞美义湘。它赞美的是妙善。如此激烈、震撼人心的爱之赞歌，我想也并不多见吧。

（昭和五十一年十一月）

安闲天皇的玉碗

我在《文艺春秋》昭和二十六年八月号上发表了小说《玉碗记》之后，有很多素不相识的人就这个小说来向我提问。他们的问题基本都是——真的有安闲天皇陵出土的玉碗吗？这个玉碗是最近才发现的吗？

我简单地用明信片给那些提问的人回了信，告诉他们玉碗确实是存在的，自己的小说《玉碗记》虽然是以这一玉碗为素材，但是小说的内容全部来自于作者的创作。

关于这个玉碗，昭和二十五年秋梅原末治博士在《史迹与美术》二〇九号上发表过《关于安闲陵出土的玻璃碗》一文，藤泽一夫先生也在该杂志的二〇七号上发表过《安闲天皇陵发现的白琉璃碗》。同一时期《考古学杂志》三十六卷四号上也刊载了石田茂作先生的详细报告《西琳寺白琉璃碗》。稍晚一点藤泽一夫先生再次在《苇牙》一号上发表了文章《玻璃碗的惊讶》。据我所知就是这些了，但是我想在很多我没看到的专业杂志上，上述这几位先生应该发表过更为详细的报告吧，不过这些我就不太了解了。

不管怎样，安闲天皇陵出土的玉碗一经发现就成为了专业人士关注的焦点，并且学界发表了很多相关论文。从这一点来看的话，这个玉碗应该是具有相当的历史价值的。

我完全是门外汉，丝毫不知道这个玉碗拥有这样的历史价值，只是偶然间听参与了玉碗发现工作的每日新闻社（大阪）的评论委员长加藤三之雄先生说到这件事，我的创作热情受玉碗身上某种宿命般的东西刺激，由此写了一篇小说。

我以前在正仓院看到"漆胡樽"的时候也一样，想要将其东渐的路径写成小说，由此创作了同名小说。写这篇小说的时候，我连漆胡樽是怎么使用的都不知道，于是去江上波夫先生家中拜访，听取江上先生的意见，又听取了美术研究所的松下隆章先生等人的想法，从始至终，靠着自己的自由想象写出了这篇小说。我只知道漆胡樽是以前沙漠地区使用的液体容器，在听取了前述诸位专家的意见之后，就开始信笔而写。而《玉碗记》因为写在玉碗刚刚被发现之后，而且它具有广受学界关注的价值，所以不太能够任意想象，作为作品来说，我觉得写得并不是很好。

玉碗发现于昭和二十五年十月中旬。石田茂作博士在大阪每日新闻社的讲堂做了一场名为"西琳寺与飞鸟文化"的讲演。讲演之后有人拿着这个玉碗来请石田博士做鉴定。作为西琳寺收藏的宝物，江户时代有两三本书中对这个玉碗作了记载（《河内名所图会》、三浦兰阪《河内摭古小识》、大田南畝《一话一言》、藤井贞幹《集古图》），明治初期受到废佛毁释运动的影响，该玉碗一度下落不明。

该玉碗的所有者为布施市（现东大阪市）的行松势二先生。玉碗乍一看是一件古旧的雕花玻璃器皿。碗口直径四寸，内深二寸三分，外高二寸八分，由白色玻璃制成，基本透明。玉碗原先碎成了十块，用漆粘合后得以复原。之所以判定这是西琳寺旧藏的玉碗，是因为装有玉碗的外箱底部写有墨字"神谷家九代源左卫门正峰""西琳寺寄进"。

这里提到的捐献者神谷家是西琳寺所在的古寺町（现羽曳野市古市）的名门森田家的旁系，《一话一言》中记载有村民不知道什么时代从安闲陵中挖掘出了玉碗，然后玉碗到了神谷家手中，又被神谷家捐赠给了西琳寺。这段记录很有名，正好与外箱上的文字完全契合，于是可以判断出这就是那个玉碗。

这个出土于安闲陵的玉碗在关于西琳寺的演讲上不可思议地出现在了石田博士眼前，但是这又产生了一个新的问题。因为正仓院中的"玻璃碗"与其完全一样。

我从加藤三之雄先生口中听到这个故事是在演讲结束之后没几天的时候，是梅原末治博士在奈良正仓院对玉碗和御用的"玻璃碗"两件物品进行对比调查之前。

在加藤先生的斡旋下，我原本能够去现场观摩的，但是在即将出发之时却发烧了，最终没能去成。

我凭着自己随意的想象，觉得无论如何也无法认为这两件外形相同的器物是各自单独来到日本的。

它们应当是在波斯或者别的什么地方由同一人制作而成，又同时被带到日本，成为了安闲天皇的御用之物，一个被收藏于正仓院，另一个则作为陪葬品被深埋于安闲天皇陵。经历漫长的岁月之后，两件器物又被放在同一个地方，这令我感到非常浪漫。所以我非常想去现场看看这场对比调查。

在我无法离开东京前往的那天晚上，不知道是不是因为高烧的关系，我一晚上梦到的尽是玉碗。后来想想觉得有点可笑，不过那时我仿佛是对玉碗着了魔似的。

梅原博士的对比调查之后不久，我去了大阪。我参观了安闲陵，见识了古市森田家作为名门望族的宏伟建筑。也会见了家在安闲陵正前方的横山二郎先生。他在乡土史的研究上造诣颇深。

《漆胡樽》这篇作品，我写的完全是一个虚构小说，将漆胡樽传到日本的历史写成了一个故事，但是写玉碗时，我不敢这么做。从玉碗被发现，到进行对比调查为止的经过，我写的时候基本都是依照事实来写的，将两个古代器物经过漫长岁月再次重聚的命运，与一对现代男女的命运交织在了一起。

为了写《玉碗记》，我两次前往大阪、布施、河内等地，不过这些旅程都很愉快。我从背后绕到了安闲陵。因为围栏已经倒了，所以我走了进去，当知道那里就是天皇陵时，赶忙走了出来。

陵墓总是带着某种奇怪的阴暗，不仅仅是安闲陵。陵墓上现在长着很多松树和杂木，但原本是人工用土堆起来的，因为这一点，所以与自然的丘陵不同，会有某种不自然吧。

森田家很宏伟。河内有很多古老的家族，但是像森田家这样一直传到现在的古老建筑应该也不是很多吧。那时我听年轻的家主说，高桥义孝先生与这个森田家有亲戚关系。

梅原博士的报告指出，从安闲陵出土的玉碗和御用"玻璃碗"的对比调查结果来看，两个玻璃器皿在材质、直径、高度、雕花的大小和数量上都完全相同，只在厚度和碗的圆润程度上有些许不同。

不管怎样，我们应该可以认为，它们都是公元三、四世纪左右波斯萨珊王朝时期的作品，经由丝绸之路，由百济人从中国传到日本的吧。

由该玉碗的发现可知，正仓院的玻璃碗存在于日本的时间至少要比奈良朝早二百年以上，因此又产生了一个新问题，对此又该如何解释呢。我尚不知晓。想着要去问问专家们。

(昭和二十八年一月)

观白琉璃碗

在东京上野的博物馆观看了正仓院御用物品展览。至今为止，面向公众开放的展览大体上是每十年举办一次。不知道是不是有这样的规定，不过如果是按照一直以来的做法的话，下次公开展览得到昭和四十三四年了。抱着能看的时候赶紧去看的心情，我特意选了一个参观者可能较少的傍晚前往。

因为直到昭和二十三年为止我一直在大阪的报社担任美术记者，所以每年曝凉的时候，基本上都有机会见识到皇室的秘宝。观看正仓院御用物品时，令我最为感动的是，这些古代艺术品虽然历经战乱时代却毫发无损，一直流传到了现在。能在岁月侵蚀，战乱频仍中保护住这些珍宝，这本身就足够了不起了。

此次能够见到历史上著名的"五弦琵琶""树下美人屏风""孔雀花纹刺绣"这些当然非常难得，不过能够通过药品、裁缝工具、美丽的书信、鞋履、或是甘草、合股线编的腰带、玻璃球等想象古代皇室的生活情况，也是令人非常愉快的。不管多零碎的东西，都能让人从中感受到日本与外国皇室的豪华不同的独特的优雅。近来被认为是日本制造的二彩盘、三彩盘，我还是第一次见到。

此次的展览中，还有一件我非常想看的东西。那就是白琉璃碗（雕花玻璃碗）。因为我之前曾以这一雕花玻璃器皿为题材写过一篇小说《玉碗记》。

昭和二十五年十月，石田茂作博士在每日新闻大阪总部做演讲的时候，有人带来一件雕花玻璃器皿请石田博士鉴定。这个器皿的所有者是布施的行松势二先生。该器皿原来碎成十块，是用漆粘合起来的，与御用的玉碗毫无二致。江户时代有记录称这一器皿不知哪个时代自安闲陵中挖掘而出，入河内名门神谷家，又被神谷家捐赠给了西琳寺，但明治以后不知所踪。

这个安闲陵出土的玉碗的发现很快引发了关注，不久之后京都大学的梅原末治博士在正仓院对这一玉碗和天皇御用的玉碗进行了对比调查。

两件雕花玻璃器皿从波斯经由丝绸之路来到日本，一件成为皇室秘宝，一件成为安闲天皇的爱物被埋入陵墓，历经漫长岁月之后又得以再次重聚。我对此事颇感兴趣，并将其写成了小说。

安闲陵出土的玉碗现在作为常设展品陈列于上野博物馆的一楼，细想想，这也是不可思议的缘分了。历经几个世纪终于在奈良正仓院藏宝库中相聚的两件雕花玻璃器皿，这次同时出现在了同一博物馆的一楼和二楼。

时隔多年我在正仓院御用物品展览上看到了白玻璃碗，又在一楼的常设展览中见到了安闲陵出土的玉碗，接着又举足前往白木屋，参观在那里举办的东大伊拉克伊朗遗迹调查团带回日本的各种出土物品展览。这里的展览会场也相当拥挤。

前几天，我有幸与遗迹调查团团长东大的江上波夫先生同席，那时，先生跟我说，我带回了三个跟你的雕花玻璃器皿一样的器物哦。江上先生口中所说的你的雕花玻璃器皿指的是我在小说里写的雕花玻璃器皿。但是听到他说这话的时候，我产生了一种错觉，好像真的是我的雕花玻璃器皿，寄存在了皇室的宝库中，莫名地有一种内心丰盈的感觉。

按江上先生的说话方式，江上先生的雕花玻璃器皿，确实如先生所言，与正仓院中的御用之物，与安闲陵出土的雕花玻璃器皿都非常相似。只是他带回来的器皿已经完全发生了晕彩现象，所以无法想象玻璃原本的色彩。我不是专家，所以看了这些东西之后，也无法判断究竟是不是产自同一时代同一地点。但是，如果能够允许我做自由想象的话，我可以认为将近两千年前由同一个国家同一群人所制作的五个白琉璃碗，带着各自不同的命运，穿越时空，重逢于晚秋东京的天空下，吸引着生活在这个世纪的我们的目光。这种感觉，与其说是愉快，不如说是对某种冥冥之中的力量的确信。难道只有我一人有这种感觉吗？

(昭和三十四年十一月)

关于如来型立像

说到我喜欢的佛像，要数唐招提寺的破损佛像。当我站在那十几座安置在寂静佛堂中的破损佛像前时，心情与站在那些著名的佛像前时有些不同。这些佛像或是缺头，或是少手脚，或是缺失大部分躯干，都不是完整的佛像，但是其周身萦绕的是一种自由明亮的可以称之为解脱感的悠然氛围。

如果非要在这些破损佛像群中举出一尊的话，当属如来型立像。该佛像的头部和双手都已缺失。腿部最下方也已破损。有人猜测这是不是地藏菩萨，确实从其形态来说的话，有可能是。但到底是谁，没人知道。所以大家只是含混地称其为如来型立像。

站在这尊唐招提寺的破损佛像前，令人惊讶的是，佛像之美丝毫没有受损。虽然头部和双手缺失了，但是佛像的美是完整的。从内而外散发的满足感、纹丝不动的稳定感、令周围的空气到了它身边就安静下来的静谧感。就算是完整的佛像，也很少有这么美的吧。

肌体柔软而丰满。从丰腴的胸部到脖子处还残存着少许朱色。丰满的腰部支撑着高达186厘米的身躯，带来了一种纹丝不动的稳定感。覆盖至两腿膝盖处的衣服上，尚可见些许黑色。

这尊破损佛像的美，是自由且明快的。简直就像是雕刻这尊木质佛像的人，为了让观赏者自由想象，从一开始就故意没有雕刻佛像的容貌和双手。在漫长的岁月中所发生的一个事故，令佛像原本明确的名称变成了如来型立像这样一个含混的名称，也令它的美变得自由而明快。

这是否是天平佛像，专家之间有各种争论。看到这尊佛像时，究竟是会想象天平佛像写实的、崇高庄严的容颜，还是会浮现出弘仁佛像的神秘感，这都是观看者的自由。

但是，从这丰满的威风凛凛的身躯、衣饰花纹的独特表现、整体的量感来看，一般认为其制作年代应在弘仁初年。

附录 井上靖年谱

1907年（明治四十年）
5月6日,出生于北海道上川郡旭川町,父亲井上隼雄,母亲八重,井上靖为二人的长子。
祖父井上洁。井上家是伊豆汤岛的医生世家。母亲八重是家中的长女。父亲隼雄为井上家赘婿。

1908年（明治四十一年） 1岁
父亲井上隼雄出征前往朝鲜,井上靖同母亲搬至伊豆汤岛。

1909年（明治四十二年） 2岁
因父亲调动工作,迁居至静冈市。

1910年（明治四十三年） 3岁
9月,妹妹出生,和母亲一起搬至汤岛。

1912年（明治四十五年） 5岁
父母离开汤岛，将井上靖交由其户籍上的祖母加乃抚养。加乃是已故的祖父井上洁的小妾，此时已入籍井上家，在法律上是井上靖的祖母，平时独居于仓库中。井上靖与加乃的感情十分深厚。

1914年（大正三年） 7岁
4月，入读汤岛寻常高等小学。

1915年（大正四年） 8岁
9月，曾祖母阿弘去世。

1920年（大正九年） 13岁
1月，祖母加乃去世。2月，来到父亲的任地滨松，和父母一起生活。转学至滨松寻常高等小学。4月，入读滨松师范附属小学高等科。

1921年（大正十年） 14岁
4月，以第一名的成绩考入静冈县立滨松中学，担任班长。同年，父亲前往中国东北工作。

1922年（大正十一年） 15岁
3月，因为父亲被内定为台湾卫戍医院院长，所以寄居于三岛町的姨妈家中。4月，转学至静冈县立沼津中学。

1924年（大正十三年） 17岁
4月，因家人全都去了台湾的父亲身边，所以被托付给三岛的亲戚照顾。夏天,旅行去台北看望父母亲。此时,受老师和友人的影响,开始对诗歌、小说等产生兴趣。

1925年(大正十四年) 18岁
学校发生了学生闹事事件,被认为是带头闹事者之一,被强制搬入了附近的农家,处于老师的监视之下。

1926年(大正十五年·昭和元年) 19岁
2月,在沼津中学《学友会会报》上发表短歌《湿衣》九首。3月,从沼津中学毕业。前往台北的家人身边,但因父亲调任,又搬家至金泽,为高中入学考试做准备。

1927年(昭和二年) 20岁
4月,入读金泽第四高中理科甲类。加入柔道部。同年,征兵检查甲种合格。

1928年(昭和三年) 21岁
5月,应召加入静冈第三四联队,但因为在柔道活动中肋骨骨折,退伍回家。7月,参加在京都举行的柔道高中校际比赛,进入半决赛。8月,拜访住在京都的远亲足立文太郎,初见其长女足立文。从这一时期开始创作诗歌。

1929年(昭和四年) 22岁
2月,在诗歌杂志《日本海诗人》上发表《冬天来临之日》。此后,到1930年年底为止,一直在该杂志上发表诗歌。4月,担任柔道部的队长,但不久便退出了柔道部。5月,加入由福田正夫主办的诗歌杂志《焰》,到1933年5月左右为止,一直在该杂志上发表

147

诗歌。同时还活跃于《高冈新报》《宣言》(内野健儿主办的无产阶级诗歌杂志)、《北冠》等刊物上。

1930年（昭和五年） 23岁
3月,从四高毕业。4月,入读九州帝国大学法文学部英文科,搬至福冈,但是不久就对大学生活失去了兴趣,前往东京,醉心于文学。从9月开始,放弃使用笔名井上泰,改为自己的本名。10月,从九州帝国大学退学。12月,在弘前,与白户郁之助等人一起创刊同人杂志《文学abc》。

1931年（昭和六年） 24岁
3月,父亲在军医监(少将)的职位上退休,在金泽住了一段时间之后,退隐于伊豆汤岛。

1932年（昭和七年） 25岁
1月,杂志《新青年》上征集平林初之辅的未完遗作——侦探小说《谜一般的女人》的续集,以冬木荒之介的笔名参加征集并入选。此后,不断参加《侦探趣味》《SUNDAY每日》等主办的有奖小说征集活动并入选。2月,应召入伍,半个月后退伍。4月,入读京都帝国大学文学部哲学科,但是基本不去听课。从同年夏天开始,诗风发生改变,从分行诗转向散文诗。

1933年（昭和八年） 26岁
9月,以泽木信乃为笔名,小说《三原山晴夫》参加《SUNDAY每日》的"大众文艺"征集活动,被选为优秀作品。11月,《三原山晴夫》被大阪的剧团"享乐列车"改编成剧目并上演。

1934年（昭和九年）　27岁
3月，以泽木信乃为笔名，参与《SUNDAY每日》的"大众文艺"征集活动，小说《初恋物语》当选。4月，以大学在读的身份加入新成立的电影社脚本部，往返于京都和东京之间。

1935年（昭和十年）　28岁
6月，在《新剧坛》创刊号上发表首部戏曲创作《明治之月》。8月，与友人创刊诗歌杂志《圣餐》。10月，以本名参加《SUNDAY每日》的"大众文艺"征集活动，侦探小说《红庄的恶魔们》当选。《明治之月》在新桥舞剧场上演。11月，与足立文结婚。

1936年（昭和十一年）　29岁
3月，从京都帝国大学文学部哲学科毕业。7月，参加《SUNDAY每日》的"长篇大众文艺"征集活动，《流转》当选为历史小说第一名，并获第一届千叶龟雄奖。以此获奖为契机，8月就职于每日新闻大阪总部。在《SUNDAY每日》编辑部工作。10月，长女几世出生。

1937年（昭和十二年）　30岁
6月，成为学艺部直属职员。9月，应召为中日战争候补人员。《流转》被松竹公司拍成电影。被编入名古屋第三师团派往中国北部，11月，患上脚气病，被送进野战预备医院。

1938年（昭和十三年）　31岁
3月，因病提前退伍。4月，回到每日新闻大阪总部学艺部工作。负责宗教栏目。10月，次女加代出生，但不久就夭折了。

1939年（昭和十四年） 32岁
除宗教栏目外，开始同时负责美术栏目。专注于对佛典、佛教美术等相关内容的取材。

1940年（昭和十五年） 33岁
与安西东卫、竹中郁、小野十三郎、伊东静雄、杉山平一等诗人交往。9月，因职务调整，转至文化部工作。12月，长子修一出生。

1942年（昭和十七年）35岁
在出版社工作的同时，还在京都帝国大学研究生院进行研究活动。

1943年（昭和十八年） 36岁
1月，《大阪每日新闻》与《东京日日新闻》合并，成立《每日新闻》。4月，与浦上五六合著的《现代先觉者传》发行，所用笔名为浦井靖六。10月，次子卓也出生。

1945年（昭和二十年） 38岁
1月，成为每日新闻社参事。因为学艺栏被裁掉，4月，调动到社会部工作。岳父足立文太郎去世。5月，三女佳子出生。6月，家人被疏散到鸟取县。每天从大阪茨木出发去上班。8月15日，撰写终战文章《听完玉音广播之后》。12月，将家人托付给妻子娘家足立家照顾。

1946年（昭和二十一年） 39岁
1月，就任大阪总社文化部副部长。再次开始诗歌创作。

1947年（昭和二十二年） 40岁
以井上承也为笔名,参加《人间》第一届新人小说征集活动,9月,小说《斗牛》在当选作品空缺的情况下,入选优秀作品。4月,兼任大阪总社评论员。8月,家人迁居至汤岛。

1948年（昭和二十三年） 41岁
1月,完成小说《猎枪》的创作,参加了《人间》第二届新人小说征集活动,但没有入选。2月,协助竹中郁等人创刊诗歌童话杂志《麒麟》,负责挑选诗歌。4月,任东京总社出版局书籍副部长,独自一人前往东京,暂居于葛饰区奥户新町妙法寺。

1949年（昭和二十四年） 42岁
10月、12月,接连在《文学界》上发表《猎枪》《斗牛》。

1950年（昭和二十五年） 43岁
2月,《斗牛》获第22届芥川文学奖。3月,就任东京总社出版局代理负责人,专注于创作。4月,在《新潮》上发表短篇小说《漆胡樽》。5月开始在《夕刊新大阪》上连载第一部报刊小说《那个人的名字无法说出》。7月,长篇小说《黯潮》开始在《文艺春秋》上连载。8月,《井上靖诗抄》发表于《日本未来派》。

1951年（昭和二十六年） 44岁
1月,开始在《新潮》上连载长篇小说《白牙》(至5月)。5月,从每日新闻社辞职,成为社友。专心从事文学创作。8月,开始在《SUNDAY每日》上连载《战国无赖》,在《文艺春秋》上发表《玉碗记》。10月,在《新潮》上发表《某伪作家的一生》。

1952年（昭和二十七年） 45岁
1月,开始在《妇人画报》上连载《青衣人》(至同年12月)。7月,开始在《新潮》上连载《黑暗平原》。

1953年（昭和二十八年） 46岁
1月,开始在《ALL读物》上连载《罗汉柏物语》。5月,开始在《周刊朝日》上连载《昨天和明天之间》。7月,在《群像》上发表《异域之人》。10月,开始在《小说新潮》上连载《风林火山》。12月,在《别册文艺春秋》上发表《古道尔先生的手套》。

1954年（昭和二十九年） 47岁
3月,开始在《朝日新闻》上连载《明日将至之人》,在《群像》上发表《信松尼记》,在《中央公论》上发表《僧行贺之泪》。

1955年（昭和三十年） 48岁
1月,在《文艺春秋》上发表《弃媪》。从昭和二十九年度下半期（第32届）开始担任芥川文学奖的选考委员。8月,开始在《别册文艺春秋》上连载《淀殿日记》(后改名为《淀君日记》),开始在《小说新潮》上连载《真田军记》。9月,开始在《每日新闻》上连载《涨潮》。10月,由新潮社出版新著长篇小说《黑蝶》。

1956年（昭和三十一年） 49岁
1月,开始在《新潮》上连载长篇小说《射程》。11月,开始在《朝日新闻》上连载《冰壁》。

1957年（昭和三十二年） 50岁
3月,开始在《中央公论》上连载《天平之甍》。10月,开始在《周刊读卖》上连载《海峡》。正在连载的《冰壁》引起了社会热议,成为畅销书。10月末,开始了首次中国之旅,为期近一个月时间。

1958年（昭和三十三年） 51岁
2月,凭借《天平之甍》获艺术选奖文部大臣奖。3月,在《中央公论》上发表《满月》。5月,在《世界》上发表《幽鬼》。7月,在《文艺春秋》上发表《楼兰》。10月,在《群像》上发表《平蜘蛛釜》。

1959年（昭和三十四年） 52岁
1月,开始在《群像》上连载《敦煌》。2月,凭借《冰壁》等作品获日本艺术院奖。5月,父亲井上隼雄去世。7月,在《声》上发表《洪水》。10月,开始在《文艺春秋》上连载《苍狼》,在《朝日新闻》上连载《漩涡》。

1960年（昭和三十五年） 53岁
1月,开始在《主妇之友》上连载《雪虫》。7月,受每日新闻社派遣前往罗马奥运会采风,周游欧美各国,11月末回国。《敦煌》《楼兰》获每日艺术大奖。

1961年 （昭和三十六年） 54岁
1月,与大冈升平就《苍狼》产生论争。在《东京新闻》晚报等连载《悬崖》。6月末开始进行为期约半个月的访华。10月开始在《周刊朝日》上连载《忧愁平野》。12月,《淀君日记》获野间文艺奖。

1962年（昭和三十七年） 55岁
7月,开始在《每日新闻》上连载《城砦》。

1963年（昭和三十八年） 56岁

2月，开始在《妇人公论》上连载《杨贵妃传》，在《ALL读物》上发表《明妃曲》。4月，为创作《风涛》，前往韩国进行为期约一周的采风。6月，在《文艺》上发表《宦者中行说》。8月，开始在《群像》上连载《风涛》。9月末开始，进行为期约一个月的访华。

1964年（昭和三十九年） 57岁

1月，成为日本艺术院会员。2月，《风涛》获读卖文学奖。5月，为创作《海神》，前往美国进行为期约两个月的旅行采风。9月，开始在《产经新闻》上连载《夏草冬涛》。10月，开始在《展望》上连载《后白河院》。

1965年（昭和四十年） 58岁

5月，在苏联境内的中亚地区进行了为期约一个月的旅行。11月，开始在《朝日新闻》上连载《化石》。

1966年（昭和四十一年） 59岁

1月，分别开始在《文艺春秋》上连载《俄罗斯国醉梦谭》，在《世界》上连载《海神（第一部）》，在《太阳》上连载《西域之旅》。

1967年（昭和四十二年） 60岁

6月，开始在《每日新闻》晚报上连载《夜之声》。夏，受夏威夷大学邀请担任夏季研究班讲师，前往夏威夷旅行。诗集《运河》刊行。

1968年（昭和四十三年） 61岁

1月，开始在《SUNDAY每日》上连载《额田女王》。5月，前往苏联进行为期约一个半月的旅行,为《俄罗斯国醉梦谭》采风。10月,《西域物语》开始在《朝日新闻》周日版连载。12月,《北之海》开始在《东京新闻》等刊物连载。

1969年(昭和四十四年) 62岁
1月,分别开始在《世界》上连载《海神(第二部)》,在《太阳》上连载《西域纪行》。4月,就任日本文艺家协会理事长。《俄罗斯国醉梦谭》获新潮日本文学大奖。7月,在《海》上发表《圣者》。8月,在《群像》上发表《月之光》。

1970年(昭和四十五年) 63岁
1月,开始在《日本经济新闻》上连载《榉木》。9月,开始在《读卖新闻》上连载《方形船》。

1971年(昭和四十六年) 64岁
1月,开始在《文艺春秋》上连载美术游记《与美丽邂逅》。3月,前往美国进行约两周的旅行,为《海神》采风。5月,开始在《朝日新闻》上连载《星与祭》。诗集《季节》刊行。

1972年(昭和四十七年) 65岁
9月,开始在《每日新闻》晚报上连载《幼年时光》。由每日新闻社主办的"井上靖文学展"举行。10月,开始在《世界》上连载《海神(第三部)》。新潮社版《井上靖小说全集》(共32卷)开始出版发行。

1973年(昭和四十八年) 66岁
5月,前往阿富汗、伊朗等地进行为期约一个月的旅行。11月,母亲八重去世。沼津骏河平开设井上文学馆。

1974年（昭和四十九年） 67岁
1月,开始在《文艺春秋》上连载游记《亚历山大之道》。开始在《每日新闻》周日版上连载随笔《一期一会》。9月末开始为期约两周的访华。

1975年（昭和五十年） 68岁
5月,作为访华作家代表团团长,在中国进行了为期约20天的旅行。

1976年（昭和五十一年） 69岁
2月,前往欧洲进行为期约一周的旅行。6月,前往韩国进行为期约10天的旅行。11月,获文化勋章。进行为期约两周的访华。诗集《远征路》刊行。

1977年（昭和五十二年） 70岁
3月,用约10天的时间历访埃及、伊拉克等地。8月,进行为期约20天的访华,前往新疆维吾尔自治区。11月,开始在《每日新闻》上连载《流沙》。

1978年（昭和五十三年） 71岁
1月,开始在《文艺春秋》上连载《我的西域纪行》。5月至6月间访华,首次到访敦煌。

1979年（昭和五十四年） 72岁
3月,每日新闻社主办的"敦煌——壁画艺术与井上靖的诗情展"在大丸东京店等地举行。从夏到秋,跟随电影《天平之甍》摄影组、NHK丝绸之路采访组等多次前往中国、西域等地旅行。

1980年（昭和五十五年） 73岁
3月,和平山郁夫一起参观印度尼西亚婆罗浮屠遗址。4月末开始,和NHK丝绸之路采访组一起行走于西域各地。6月,任日中文化交流协会会长。8月,访华。10月,和NHK丝绸之路采访组一起获菊池宽奖。获佛教传道文化奖。

1981年（昭和五十六年） 74岁
1月,开始在《群像》上连载《本觉坊遗文》。4月,开始在《太阳》上连载随笔《站在河岸边》。5月,任日本笔会会长。9月末,在夫人的陪伴下前往中国旅行,为创作《孔子》采风。10月,就任日本近代文学馆名誉馆长。获放送文化奖。

1982年（昭和五十七年） 75岁
5月,《本觉坊遗文》获新潮日本文学大奖。5月末、11月末、12月末到次年初,三次前往中国旅行。出席巴黎日法文化会议。

1983年（昭和五十八年） 76岁
6月(两次)和12月访华。

1984年（昭和五十九年） 77岁
1月至5月,由每日新闻社主办的展览"与美丽邂逅 井上靖 无法忘怀的艺术家们"在横滨高岛屋等地举行。5月,作为运营委员长主持国际笔会东京大会。11月,访华。

1985年（昭和六十年） 78岁
1月，获朝日奖。6月，在夫人的陪伴下，和《俄罗斯国醉梦谭》摄影组一起访问苏联。10月，访华。

1986年（昭和六十一年） 79岁
4月，访华，被授予北京大学名誉博士称号。9月，因食道癌在国立癌症中心住院，接受手术治疗。

1987年（昭和六十二年） 80岁
5月，在夫人的陪伴下前往法国，并游历欧洲各地。6月，开始在《新潮》上连载最后的长篇小说《孔子》。10月，访华。

1988年（昭和六十三年） 81岁
5月，前往中国进行为期10天的旅行，访问孔子的家乡曲阜，为创作《孔子》采风。这是他第27次中国之行，也是最后一次。诗集《旁观者》刊行。

1989年（昭和六十四年·平成元年） 82岁
12月，《孔子》获野间文艺奖。

1991年（平成三年） 84岁
1月29日，在国立癌症中心去世。2月20日，在青山斋场举行葬礼，戒名：峰云院文华法德日靖居士。

译后记

《无法忘怀的艺术家们》是我继《冰壁》、《夏草冬涛》之后翻译的第三本井上靖著作。井上靖的著作多以小说为主，其作家地位也多赖其小说创作奠定，但事实上除了赖以成名的小说之外，井上靖在诗歌、游记和随笔方面，也颇多著述。只是国内出版界多译介其小说作品，对于其散文随笔部分的译介，相对较少。此次重庆出版集团策划出版的井上靖丛书，不仅包括了井上靖的小说，也将本书这样的随笔作品纳入到了译介范围内，对于国内想要全面了解井上靖文学世界的读者来说，不可不说是一个巨大的福音。

1936年井上靖从京都大学文学部毕业之后，进入了大阪每日新闻社学艺部，担任记者、编辑等职长达15年。在这一过程中，他亲自接触、采访了很多同时代的日本艺术家。这些与艺术家们或深或浅的交往经历最终在他笔下凝结成了一张张栩栩如生的面容。在本书中，读者可以看到人品厚重、待人真诚，会向自己的作品发问"你愿意去井上先生那里吗"的陶艺大师河井宽次郎；外表看起来四平八稳，缺少艺术家的强烈个性，实际上却为法隆寺壁画临摹工作费尽心血的荒井宽方；生前已经名满画坛却依旧内向、不善交际的画家桥本关雪；被井上靖誉为最后一位"真正把日本古老传统的教养刻入骨髓的女性"的女画家上村松园……同时在本书中可以读到井上靖对于前辈冈仓天心的追慕，对于坂本繁二郎、须田国太郎、冈鹿之助等国内读者熟悉或不熟悉的日本画家的画作点评。正如本书书名《无法忘怀的艺术家们》所示，本书所收录的是井上靖心中那一张张难忘的艺术家的面容。

"我相信，不管是艺术家还是文学家，作为艺术家、文学家度过一生，便意味着通过创作来刻画自己的人生。一定是一步一步以创作的形式来雕刻自己活着的证明。"这是本书中最为打动我也促使我深思的一句话。艺术家、文学家以创作来雕刻自己活着的证明，那么我们呢？作为芸芸众生中平凡一员的我们，又该以什么来作为活着的证明？井上靖以及他笔下的那些艺术家们已然长逝，然而他们在世间留下了曾经活过的证明——不朽的创作，那么平凡如我们，又该以什么来证明我们活着、活过呢？

在忙忙碌碌于碎银二三两的生活间隙中，愿我们都能通过阅读获得一丝沉思的契机。书中是别人的人生，但它也可以反照我们自己的人生。

傅玉娟

2024年夏于杭城